全民微阅读系列

天上都是脚板印
TIANSHANG DOU SHI JIAOBANYIN

刘正权 著

江西高校出版社
JIANGXI UNIVERSITIES AND COLLEGES PRESS

图书在版编目（CIP）数据

天上都是脚板印 / 刘正权著. — 南昌：江西高校出版社，2017.6

（全民微阅读系列）

ISBN 978-7-5493-5636-2

Ⅰ.①天… Ⅱ.①刘… Ⅲ.①小小说—小说集—中国—当代 Ⅳ.①I247.82

中国版本图书馆CIP数据核字（2017）第142759号

出 版 发 行	江西高校出版社
社　　　　址	江西省南昌市洪都北大道96号
总编室电话	(0791)88504319
销 售 电 话	(0791)88592590
网　　　　址	www.juacp.com
印　　　　刷	北京一鑫印务有限责任公司
经　　　　销	全国新华书店
开　　　　本	700mm×1000mm　1/16
印　　　　张	14
字　　　　数	160千字
版　　　　次	2017年6月第1版 2020年7月第2次印刷
书　　　　号	ISBN 978-7-5493-5636-2
定　　　　价	36.00元

赣版权登字-07-2017-679

版权所有　侵权必究

图书若有印装问题,请随时向本社印制部(0791-88513257)退换

目录

年龄　　/001

二月清明不用慌　　/004

天上都是脚板印　　/008

立春一日晴　　/011

一场白露一场霜　　/014

不挣窝心钱　　/018

冬至大如年　　/022

归家仓　　/025

福临门　　/028

仁义狗　　/032

头水奶　　/035

落福　　/039

打碗　　/043

诸侯　　/046

心疼　　/049

躲五　　/052

清明带雪　　/055

穷的是命　　/059

换茬　　/062

001

路多　　/066

话多　　/069

根多　　/072

善相　　/076

动虫　　/080

断流　　/083

小满　　/087

枯梢　　/090

吞单　　/094

退亲　　/097

伤害　　/101

惹鬼　　/103

闲人　　/107

操心　　/111

拔根　　/114

疯子　　/118

言语高低　　/122

水蛇　　/125

闭眼菩萨　　/129

四爷引雨　　/133

顶红　/136

刁民牛二　　/140

黄洛夫斯基　　/143

上香　/146

大春的双休日　　/149

黑王寨的喜鹊　　/153

长疮　/156

战场　/161

硬气　/164

电梯　/168

跑山　/171

受伤的麦子　　/175

化龙　/179

给脸　/182

牛黄有毒　　/186

酣睡　/190

秘密　/193

全福　/196

穷气　　/200

宋幺姑　　/203

篾匠杜瘸子　　/206

中秋　　/209

抬头娶媳妇　　/212

起苔的菠菜　　/216

年　龄

在黑王寨,太阳是有年龄的,别的东西或许也有,但没太阳让寨里人如此关心。

这就是黑王寨的与众不同之处。

瞎子老五是赶早出的门,早上好啊。太阳刚探出头,那光线照到人脸上,像婴儿的小手,奶奶的,滑滑的,腻腻的,张开鼻子使劲嗅一嗅,还能闻见奶香呢。

瞎子老五有多久没闻见奶香了,这么一盘算吧,瞎子老五就把个步子迈得有点迟疑了。

捡破烂的大老吴也早,早得都看出了瞎子老五的迟疑了。大老吴就问他说,老五你寻思啥呢?像个教书先生似的。

俅。瞎子老五呼出一口昨夜的浊气来,一碗书生两碗匠,三碗便是种田郎。你跟我一样都是吃两碗干饭的,这辈子别指望吃教书先生那碗饭了。

大老吴就笑,说姜太公还七十岁拜相呢,依我看,咱这年龄,嫩着呢。

话没落音,一旁有人吃吃笑了起来。

大老吴恼了,寻声望过去说,笑啥笑,没点家教。

瞎子老五不恼,冲大老吴把竹竿探了一下,轻声说,人家本来就缺家教,要你再在心口上撒盐?

那吃吃笑的声音果然就歇了下来,一剪子剪断了似的。

那声音的主人是四孩,四孩是遗腹子,黑王寨规矩,儿靠爹带,女要娘教。四孩没爹,自然属于缺少家教了。

缺家教的四孩挠了一下头,说,五先生你给我算算,我娘哪会才能落屋。

瞎子老五这才想起来,四孩娘出去打工有半年了。

瞎子老五就拿手去摸四孩的头,四孩却把头一偏,说,我要你算我娘几时落屋,你摸我头算个啥呢?

大老吴就呵呵笑,说,老五啊,人家四孩是大人了,晓得男人头女人腰,只许看不许摸了。

四孩就在大老吴的笑声中使劲昂了下头。

瞎子老五不笑,讪讪地,说四孩眼下是当家人了呢。

四孩说那当然啊。

瞎子老五咽了一喉咙,当家人还盼你娘落屋啊。

四孩就没了话。

大老吴帮腔说,四孩你安心上学去,你娘啊,到该落屋的时候自然就落屋了。

四孩就耷了脑袋,怏怏往回走。

瞎子老五想了想,冲四孩背后喊了一嗓子,说,我给你算了的,你娘落屋那会是正午。

为啥是正午呢?大老吴有点狐疑地盯着瞎子老五。瞎子老五人瞎心却不瞎,知道老五瞅着自己呢。瞎子老五就叹口气,正午孩子不是贪睡吗,你说说他娘晚上回来,保不准这孩子天天在寨子口守半夜。

大老吴就抬头看天上的太阳,看着看着感慨地说,正午的太阳像婆娘呢,又霸道又热心肠。

这太阳,长得倒比人快。瞎子老五也感慨地说。

四孩是看着大老吴和瞎子老五一说一笑走远的。远了,四孩心里也空落落的,四孩支起了耳朵,想听听寨子里有什么动静,可惜,耳朵支棱了半天,什么了没有,有的只是太阳光线穿过林间缝隙一条一条抽在自己脸上。

四孩被阳光抽得眯起了眼。

该下地了。四孩知道自己在这个暑假里有做不完的事,娘不在家,自己就是户主了。户主这会儿该做什么呢?四孩就把眼睛望出去,他得给自己找活做,一找就找出来了,寨子里已经有人在掰苞谷棒子了。四孩找个背筐出了门,钻进了苞谷地,苞谷苗太高,四孩得踮了脚去掰,背筐里的棒子越积越多,四孩的腰就越压越低。低到后来,四孩踮起脚,也够不上棒子了,四孩就斜着肩头把筐往家里背。

大老吴和瞎子老五从集上回寨子时,太阳正像个霸道的婆娘似的,怎么躲都躲不开。

大老吴骂道,坏婆娘。

瞎子老五眼窝陷了一下,婆娘,哪来的婆娘?

大老吴笑,在天上呢,热烘烘的,你没感觉到啊。

瞎子老五就忍不住也笑,说,这婆娘,对谁都仁义。

其实,瞎子老五这话说错了,这婆娘对四孩一点也不仁义。两人走到寨子口时,四孩正在太阳底下拿手揉刚掰的苞谷棒子呢。

大老吴说,四孩你咋不在家揉苞谷,跑这里晒壳啊。

黑王寨骂人的话,只有乌龟才晒壳的。

四孩果然就翻了白眼,冲大老吴没好气地说,你想晒壳还没壳晒呢。这话从四孩嘴里说出来有点毒辣,这是暗里骂大老吴没结婚,想当乌龟王八还没那个命呢。

大老吴脸刷一下变了色，骂了句，毒不过私生子，这话还真没冤枉你，多大点人啊，就毒成这样。完了气哼哼地走了。

瞎子老五不走，坐下来，说四孩你做啥呢，这么毒的太阳还不回家？

四孩说我等我娘。

你娘今天回来？瞎子老五一怔。

不知道。四孩低了头，您早上不是说了吗，我娘落屋是正午时分啊。

你真守你娘来了？瞎子老五心里一颤。

嗯，我怕娘走远路，渴了，给她先送一壶水来。

四孩从屁股后面拎出一壶水，让老五摸。

老五先摸壶，再摸四孩的头，老五说，四孩真是当家人了呢，这小的年龄晓得疼娘了。

偏偏这一回，晓得疼娘的四孩却一头歪在老五怀里哭了起来，五爷，你说，我这小都晓得疼娘了，娘那么大咋不晓得疼我呢？

二月清明不用慌

开春没多久，天就下雨，不歇气地下，一直从惊蛰断断续续下到了春分。太阳像个古时出嫁的女子，偶尔才掀起红盖头露一下脸，跟着又慌里慌张掩上了，让人心里都能长出一层霉味来。

东志心里不霉，下雨好啊，下雨可以在屋里挺尸。这是小满骂他睡懒床的日常用语。一个动不动就在床上挺尸的人,一定勤快不到哪里去,东志自从打了几年工回来,只有两样勤快了,一是在床上挺尸勤快,二是雨天走亲戚勤快。

眼下,地上刚干爽了点,东志就爬起来往门外推自行车。去哪呢?小满一把拽住车龙头,地上还稀烂泥的,你就出门?上哪要你管?你不是嫌我挺尸碍你眼吗,我出去走亲戚也不行。东志阴阳怪气的一挤眼抢白小满说。

你倒会选日子,下雨天去了人家不好招待的,赶集买菜多不方便。小满是居家过日子的人,晓得雨天来客人了厨房里的难处。

呵,呵,这老古话可说了的,下雨走亲戚,顶做小生意。东志说完嬉皮笑脸一歪车把,趁小满不注意,人就跑了。

小满知道东志走亲戚是假,上茶馆打牌是真,正月里拜年小满给亲戚都打过招呼了,谁要无事留东志喝酒吃饭,谁就以后别踏她小满的门槛,黑王寨里谁不知道啊,东志是个酒麻木,一喝醉了就在酒桌上安排后事。

嫁个这样的男人,真是晦气一辈子。

小满恨铁不成钢地叹了口气,转身拾掇了一下,锁上门去了娘家。过了春分就是清明,该备种子化肥了,家里的钱孩子上高中报名带了几千,剩下的一千元,早让东志在麻将桌上晃干净了,没办法,厚着脸皮找爹娘扯着借点吧。

小满在爹娘那里扯着借了钱回来,天已经擦黑了。门前,鸡啊鸭啊的没归家,东志没带钥匙出门,也在门前晃悠。看见小满,东志很不高兴地来了一句,死哪里野去了,这么晚才回来,你还晓得有这个家啊?

小满扯钱时被嫂子顶琴不冷不热栽了两句,正不痛快呢,一

听这话,火了,只许你走亲戚,就不许我回娘家?

东志见小满翻脸,不吭声了,他知道斗下去的结果是小满不烧晚饭就捂上床生闷气,自己占不了便宜,东志向来有在晚上喝几盅的习惯。

小满见东志低了架子,就哐啷一声开了门,直接进了厨房,东志到底喝了几盅,不过喝得很没劲,小满没给他准备几样下酒菜,这酒自然就喝得很寡淡,喝得东志长吁短叹的。

小满想了想,凑拢来,咋啦,喝不下去?

东志推了推面前的菜盘子,盘里就剩几颗盐黄豆孤苦伶仃的。

你当我想过这样的生活啊,你当我不想喝一杯滋润滋润?小满趁机激将东志。

我又没说不让你喝。东志眼前一亮,你要能陪我一杯,那日子,多舒透啊。

过舒透日子得要钱啊,没钱只能心里凉个透。小满看东志心动了,就劲诱导起来。

挣钱,我都奔四十岁的人了,还有多大个起色啊。东志放下杯子,人过三十无少年呢,我还拐出这么一大截来岁数来。

瞧你那志气,酒都让你白糟蹋了。小满一墩酒杯,书上说了的,钱是英雄酒是胆,你咋越喝越没出息了呢?

啥出息,四十岁了能有啥出息。东志大着舌头问小满,你说我还能有出息?

对啊。小满站起来,很激动,姜子牙还七十岁拜相呢,我不信你一个高中生抵不上一个糟老头子?

真的呢。东志的豪气上来了,当年在高中时他东志可是学校里的人尖子,不冲这,小满会跟了他这苦日子?小满娘四姑婆当了一辈子半仙,眼里能没水,看不清人?

三十如狼四十如虎,只要你东志肯下力做家,我就不信咱们两双手就比别人少一根指头。小满鼓劲说,到时候,我天天陪你喝一盅,也让我们儿子在学校能抬起头。

说到抬起头,东志心里一震,当年自己在学校要不是因为爹贪杯出了事,没准自己就上了大学。对了,可不能让儿子也走自己老路,在黑王寨窝一辈子。

你是说,我们还有机会?东志底气还是不太足,问小满。

为什么没机会,这跟下秧一样啊,清明前后下的种早点迟点都出穗。小满说。

是啊,快清明了呢。东志恍然大悟起来,你去看看农历,几时的清明?

小满就去翻,一翻,翻出一声惊喜来,东志唉,连老天爷都暗示我们有出头之日呢,今年清明节在农历二月份呢。

二月份,关我们出头什么事啊?东志一怔,半天反应不过来。

你没听古人讲啊,二月清明不用慌,三月清明下早秧。在老天爷眼里,你就是那二月的清明,出头之日就在眼前呢。

真的呢,东志脸放红光,抬头看小满,小满也是一脸的红光,好半天,两人没说一句话,倒是电视上那个播音员正喋喋不休地预报着天气情况,未来一个月,我省气温将逐步回升,一片艳阳……

天上都是脚板印

黑王寨的孩子野,不野到天黑不归屋。

大凡到了日头下山,家家户户都会响起骂孩子的声音,野得不晓得落窝了是吧,还晓得回来日搡啊。日搡是黑王寨骂男孩子的土话,指狼吞虎咽的吃饭样子,野了大半天,肚子一瘪吃相自然就好看不起来。

好在黑王寨的孩子吃起饭来像猪抢食,这样的骂只当吹了耳旁风,过了就忘得一干二净,第二天照样出去野,照样野到太阳落山才回屋。

大凤也野,但野得有分寸,她娘四姑婆支气管有问题,烟火呛不得,烧菜煮饭就压在大凤身上了,黑王寨称这叫穷人的孩子早当家。

大凤每次野到半路,就得提前一脚走人,不然,迟一脚,她爹四爷的眼神就会像鞭子一样抽过来。

四爷的手从不打人,可那眼神打人,一个被生活重担折磨得没了半点锐气的男人,眼光其实是隐忍的。

可就是那样隐忍的目光,能让大凤从心底里打上一个冷噤。

这样一来,大凤就羡慕那帮挨骂的孩子了。

四姑婆不羡慕,四姑婆冲大凤说,成天野有啥好,见天跑到黑摸门,天上都是脚板印的闺女长大了是嫁不出去的。

天上都是脚板印?大凤一边淘米一边抬头看天,天上哪有脚板印啊？要真有,也是七仙女的,七仙女还怕嫁不出去啊。

大凤知道自己不是七仙女,大凤就老老实实淘米做饭,但再老实的人也是有心思的。

十三岁的大凤就在灶台后冲着锅里的烟气发起呆来,真要在天上留个脚印,多好。

十三岁的大凤那天在老师布置的日记中写道,天上真要有脚板印,那也一定不全是七仙女的,还有谁的呢？我的呗。

这日记被前来黑王寨支教的城里老师看见了,心说这么有志气的丫头,没准今后就成金凤凰飞出山窝了。支教的老师刚从师范毕业,一心要做出点成绩,对大凤就用上了心思。

用上心思的结果,是大凤先以全乡第一的成绩考到了乡里初中,又以全县第一的成绩考进了县一中,再后来了,居然成了全县的高考状元。

高考状元暑假在家照样得烧火做饭,四姑婆基本不能下地干活了,成了废人。

废人一个的四姑婆不怕烟火呛了,坐在灶门口给大凤打下手,添一块柴四姑婆就叹息一声,谁给咱家大凤添一块柴呢？

四姑婆叹息是有缘由的,大凤考上了北京的一所大学,光路费就是一笔不小的开支,更别说学费了。

大凤不叹息,叹息要能叹来学费的话,她宁可叹一暑假,趁娘叹息的工夫,她进城找到了当初对她用上心思的支教老师。

面对求上门来的自己得意门生,支教老师只冲大凤笑,笑完了让她回寨子里等他的消息。好消息还是坏消息呢？大凤快快回到寨子里,天天一睡醒的第一见事就是到寨子口看山下上来的人。

临上学的前一周,支教老师领着教育局的人来了,各种奖励加上贫困助学金,居然连路费都有盈余呢。

大凤脸上的愁云飞到了天边,冲前来看她的领导和老师一个劲鞠躬,四姑婆在一边喃喃自语着,这下好呢,学费有了,路费有了,我娃可以起飞了。

路费?支教老师笑了,冲大凤说,你留着当生活费吧。跟着从口袋里摸出一张飞机票来。

这是国内一家公司专门为贫困学子提供的助学机票。

坐飞机?大凤眼里充满了向往,老师,您是说我可以坐飞机去北京上学?

是啊。老师把那张机票冲大凤晃了又晃,看仔细啊,飞机票,头等舱的。

那我不是要把脚板印留在天上了?娘。大凤兴奋得一把抱住娘。

跑到天上好啊,天上都是我娃的脚板印呢。娘要是想你了,就看天。四姑婆把个头使劲往天上仰。

大凤一把抢过机票,冲黑王寨山山水水叫了起来,哦,上天了,把脚板印留在天上了。

娘眯着眼,使劲咳嗽了一声冲大凤喊,都长成大姑娘了还这么野?

一直没发话的爹这会儿眉眼舒展开来,让她野一回吧,小时候哪由她野过黑摸门才回来啊。

这时候,隔壁骂孩子的声音又传了过来,叫你野,天上都是脚板印,见天玩到黑摸门。

真能把脚板印野上天,是出息呢。望着支教老师和一干领导下寨的身影,四爷和四姑婆竟然哭得一把眼泪赶一泡鼻涕的。

他们知道,大凤这回把脚印一旦跑上了天,一年是难回几个黑摸门的。

立春一日晴

明天,立春了呢。杜瘸子站在院子里一棵枇杷树下,眯了眼看太阳。在黑王寨,立春前后应该是有那么一点小忙的,只有不当家不做主的男人才会闲在那儿看太阳。

杜瘸子看太阳只是一个幌子,他是偷眼看乔竹儿呢。乔竹儿才过了四十,却已经昏花了眼。总能看见一些并不存在的东西,或者是别人看不见的东西。

这让人很害怕。在黑王寨这地方,青天白日的,你冷不丁说,看见什么东西跟在人家身后,等人家回了头却啥也没有,不是诚心吓人么?

杜瘸子不怕。

打闺女杜晓娟死后杜瘸子就觉得天底下没啥比孩子没了更可怕。

但眼下,他怕了乔竹儿,乔竹儿动不动就往门口一站,说,娟儿你回来了,坐下,别累了我娃。

杜瘸子明明知道娟儿不能回来,却还是忍不住往门口瞅一眼。没准娟儿就回来了呢,年年立春前后,杜晓娟都从外面回来了,乔竹儿是打娟儿出事起落下的这毛病。

春打六九头呢,乔竹儿就在六九头里啥也不干,很闲很闲的样儿。

要说腊月里,是女人们最忙活的时候,可乔竹儿却一副找不

到活的样儿,搬个小板凳坐门口,时不时还手搭凉棚使劲往远处望一下。见了拎了皮箱的女孩路过,乔竹儿就忍不住叫一声,娟,是娟么?

当然不是娟。

杜瘌子就可怜了,忙过年倒是小事,他得忙着照看乔竹儿。有一次,乔竹儿跟着寨里的娥儿一口一个娟儿喊,吓得娥儿皮箱都没敢要,撒起脚丫子就跑。娥儿娘后来找到杜瘌子,言不轻语不重地埋怨了几句,杜瘌子是踩百家门的手艺人呢。听话听音,听锣听声,望着娥儿娘陪了好一顿小心。

这会,天上明明有太阳挂着,杜瘌子心里却冷得不行。娟儿没了,年已经没了往日的热闹,要是乔竹儿再老这么神经兮兮下去,日子就生不如死了。

杜瘌子就看一会天,叹气,再看一眼乔竹儿,还叹气。乔竹儿听见了,说,娟儿就要回来了,你叹个啥气?

杜瘌子赶紧顺了她的话说,是要回来了,是要回来了。我叹气是咱们没把年货办好呢,娟儿回来没个香香的年过。

香香的年是娟儿的口头禅,每年娟儿从外面回来,一见乔竹儿就要扑到娘怀里撒娇,说,娟儿回来了,回来过香香的年啰。

对了,香香的年。乔竹儿屁股从板凳上弹了起来,七不炒,八不闹,咱们得赶在今天把年糕打出来,把瓜子炒出来,明儿娟儿回来不就有香嘴的零食了?

说干就干,杜瘌子急忙瘌了腿给乔竹儿打下手,杜瘌子知道,乔竹儿手里一旦有了活路,脑袋里就不会七想八想的。

炊烟冒起来,年味也飘出来,杜瘌子瞅空在院子里看一棵枇杷树。花苞都涨满了,以往这枇杷树都在立春这天会开花的。

立春一日晴,四季雨水匀。这树是杜晓娟栽的呢,五岁那年栽的,十五年了,今年这花只怕不会开了,天气预报说,明天有雪呢。

想到雪,杜瘸子再抬头看天,太阳还挂在天上,只是像个蛋黄一样,没点温度。寒气开始一点点侵蚀这个蛋黄,那黄已不是金黄,变淡黄了,像晓娟临终前的那张脸,黄得叫人揪心。

晓娟是在厂里打工化学物品中毒死的。

杜瘸子不愿再想晓娟,乔竹儿可以想,可以傻坐着说傻话做傻事,他不能。

他是一家之主呢。怎么着日子还得往前趟不是,他们还有杜三有呢。杜三有在城里上高中,虽说身子弱点,但成绩不弱啊。晓娟说等她挣了多多的钱就给三有天天买牛奶喝的,外国人体质为啥那么好,不都是牛奶营养好养出来的?

打年糕,炒瓜子这些活看起来不累,但缠人。乔竹儿和杜瘸子忙完这一切,天就黑定了。

人困了就睡,这是黑王寨雷打不动的习惯。

杜瘸子那一夜却睡得提心吊胆的,明儿,立春呢,晓娟年年立春都要给枇杷树下一次肥的。

天黑时,果然落了雪,雪刚把窗户映白,乔竹儿就起床了,往一个挎包里塞年糕,塞瓜子,杜瘸子说你干啥呢?

接晓娟啊,你昨天不是说让晓娟回来过个香香年吗,我们一起去接她。

杜瘸子知道不顺着乔竹儿是不行的,就穿衣起床,寻思下了寨子最好没车去县城,那样就可以把乔竹儿哄回来。

出了门,乔竹儿却不走下寨子的路,目光直直地往北坡崖走,杜晓娟就埋在北坡崖呢。

到了,乔竹儿一股脑儿往外掏东西,瓜子,年糕,点心铺了一

地,铺完了乔竹儿只说了一句话,娟你回来,娘陪你过个香香的年。然后一言不发往回走,杜瘸子心里惴惴地,有点估不透乔竹儿了。

他宁愿乔竹儿哭一场闹一场,甚至像当初晓娟出事时抓他挠他一场也行,但乔竹儿没有。

两人一言不发回了屋,进了院子,乔竹儿直通通走到枇杷树下,冲杜瘸子说,你帮我挖个坑,我帮娟儿施一次肥!

杜瘸子没动,乔竹儿忽然火了,说,娟儿没了,这树我们就当娟儿看护你还不愿意啊?

杜瘸子眼圈一红,说,竹儿你好了?

乔竹儿眼圈不红,抬头看天,说雪停了呢。

杜瘸子说,我知道。

乔竹儿又说,雪停太阳就要出了是不?

嗯。杜瘸子点头说,今儿立春,你知道?

乔竹儿眼里落上一团光,她眯了一下说,咋不知道,立春一日晴,四季雨水匀呢。你看枇杷树都晓得要开花的,在今天。

杜瘸子眼泪就哗一声决了堤,他知道,他的乔竹儿好了,在立春这一天好了,是啊,枇杷树都晓得要开花的,人,为什么不能好好活呢?

一场白露一场霜

秋风起时,秃关喜的咳嗽开始加重,重得每阵风里都夹杂着他的咳嗽,把个黑王寨咳得一颤一颤地。四姑婆的香火也被这咳嗽弄得一明一灭的,那天,四姑婆在升完香后,破例在蒲团上多磕了三个响头。边磕边祷告说,求菩萨们看承啊下,我得去秃关喜那走一趟。

四姑婆祷告是有缘由的,秃关喜儿子关小庆罩,有一回砸了四姑婆的香碗。就算神仙大度可以容天下难容之事,可四姑婆脸上挂不住啊,好歹你关小庆是四姑婆从你娘肚子里拽出来的不是。

典型的摘了桃子忘了树。

四姑婆是个记仇的人,这点黑王寨人都晓得。当初她闺女大凤念了大学当了实习记者回来,对她那一套求神拜菩萨的把戏很反感,说娘你整天神叨叨做什么呢,天上神仙那么灵,还要医院干什么?

四姑婆呢,就为这句话,整整一个假期没给大凤好脸色,连吃个饭筷子都不往大凤面前那盘菜里伸。记仇记到自己闺女名下,除了四姑婆,在黑王寨找不到第二家。

何况这一回,是关小庆的爹秃关喜呢。

四爷着了急,拦住四姑婆说,算了,菩萨都不记人家过了,你这会去,算个什么事呢。

你管我什么事啊。四姑婆愈老愈和四爷不对路起来。

就你那小肚鸡肠,除了雪上加霜,刀口上撒盐,还能有啥出息。四爷撇了一下嘴。

撇归撇,却没能撇住四姑婆的脚步,四姑婆是比关小庆还罩的人。

四姑婆风风火火赶到关小庆门口时,关小庆正骑了摩托车要送他爹上医院,秃关喜却死活不肯坐上去。也是的,多少年了,秃关喜有个伤风咳嗽啥的,往四姑婆那儿走一趟,磕几个头,升柱香,初一十五再来还个愿,不也囫囫囵囵过来了?怪就怪这关小庆,砸什么不好,砸四姑婆的香碗。那香碗是多少神仙看承的啊,四姑婆平时动一动它,都得请神仙许愿的。

秃关喜看见四姑婆,头扎得快钻到裤裆里,好像那香碗是他砸的。养不教父之过,他没脸见四姑婆,他觉得这病是菩萨惩罚自己呢。

关小庆头不扎下来,反而昂得高高的,说,我送爸上医院呢,就不劳烦您动仙步了。

这话有点噎人,四姑婆却没被噎住的意思。笑眯眯劝秃关喜,难得小庆有这份心,去吧,到医院看看,实在止不了,再到我那儿请神仙好好给您清查清查。

秃关喜这才不情不愿上了摩托车,他知道四姑婆这人不说假话,记仇是一码事,但她说出口的又是一回事。怎么说四姑婆也是身上有神的人,说假话要遭天谴的。

四姑婆看着关小庆走远了,才慢吞吞往回走,一路走一路摇头。快白露了呢,这咳嗽得尽快止住,不然,寒气一天比一天重,浸得久了,肺哪吃得消呢。

秃关喜却只在医院待了一晚上,就要死要活地回来了。他是心疼钱,那吊瓶一点一点吃他的钱,吃得他一夜没睡踏实,脸上颜色寡白寡白的,咳嗽自然越发重了。医生说,开几副中药回去吧,慢慢调理。是人都知道,这咳嗽得慢慢退,病来如山倒,病去如抽丝,就算华佗再世,也不能一爪子把咳嗽声抓掉吧。

关小庆没了辙,他知道爹的心思,爹是指望四姑婆帮他求神看承呢。

果然,一回黑王寨,秃关喜就咳喘着直奔了四姑婆家,为表明自己对神的诚心,秃关喜还把医生开的中药和西药全带上了,当着神位的面一股脑儿地砸在当初关小庆砸香碗的地方。

四姑婆升了香,说你磕几个头吧,这事我先跟菩萨禀告,求菩萨先原谅你家小庆,改天弄点神水你服。四姑婆的神水,就在那只香碗里,用香灰掸几掸,也怪,很多人喝了,病就好了。

秃关喜得了四姑婆这话,很感激,又多磕了几个响头才走的。

第二天,秃关喜赶大早就来到四姑婆家。

四姑婆却冷了脸,说,菩萨发了话,这药得关小庆来求。

关小庆虽犟,孝心却有,硬着头皮去的,一求求到了中午,才小心翼翼带回一杯神水。

那水,喝得秃关喜心里涩涩的,菩萨一定是要惩罚关小庆几次,不然这香灰味咋那么淡呢。一连求了两个星期,关小庆都是早上去中午才回的。这期间四姑婆拒绝任何人登门,说,秃关喜这病是由关小庆起的,关小庆得肯真心诚意接受菩萨指点才能好得体。

白露那天,四姑婆捎了信,让秃关喜和关小庆一起去还个愿。

也是的,半个月下来,秃关喜的病好得差不多了。

还愿是很隆重的事儿,秃关喜一个头磕得比一个头虔诚。关小庆犹豫了一下,看看爹,刚要弯腰屈膝呢,四姑婆一招手说,小庆你出来一下。

关小庆出来了,四姑婆眯了眼看一下天,说,小庆你不信这个姑婆我不勉强,但当你爹你别说实话,他信这信了一辈子,人,是靠点念想支撑着的。完了,四姑婆把一个药方塞给关小庆,说,这是你爹上次药袋里装着的,你再到医院开几副,四姑婆帮你熬

上,你隔天就来端一点回去,就说找菩萨求的。

关小庆心里惶惶的,说,姑婆我错了,不该砸了您的念想的。也是的,香碗可不就是四姑婆一辈子求神拜菩萨的念想。

四姑婆笑一笑,拢了拢耳边的头发,说,四姑婆离天远离地近的人了,啥念想不念想的,大家平平安安健健康康就是最大的念想。

完了四姑婆冲关小庆努努嘴,说去吧,把你爹带回去,不要浸夜风,知道吗?

一场白露一场霜呢。关小庆当然知道,关小庆还知道,四姑婆那头染了霜的白发这会在阳光下正闪着银光,没有金子般的菩萨心肠又哪来的满头银光呢。

不挣窝心钱

挣钱不挣钱,挣个肚儿圆。子财把酒杯一顿,冲厨房吆喝了一声,咋啦,手艺人就不是人了?连个下酒菜都不舍得。

桌面是寒碜了一些。泡青椒,腌嫩韭,外加一盘盐黄豆,一个睁眼睛的菜都没有,子财是木匠,串过百家门的人呢。

就上菜,就上菜。厨房里慌慌张张应了一声。不一会,炒鸡蛋的香味飘了出来。子财又咪了一小口,冲厨房咋呼说,叫你男人出来陪我喝一杯,黑王寨规矩,一人不饮酒呢。

男人没出来,女人端了葱花炒鸡蛋出来,师傅,你将就点,实在不行,我陪你喝一杯。

笑话,上台饭让女人陪酒,坏子财名声呢。成心小视子财的手艺?子财把筷子一跺,男子汉大丈夫,不喝窝心酒,不挣窝心钱,你另请高明吧。完了拎起木工家业要走人,当他子财在外面出去那么多年不晓得黑王寨规矩了?

女人眼一红,我男人才烧了周年呢。子财闻言一怔,回头,堂屋柜顶上果然供着一张黑框的遗像。子财口气就软了下来,你男人都没有了,还打椅子作什么?往前走一步,趁年轻,改嫁吧。

女人把手在围裙上搓了两下,改嫁,说得轻巧,谈何容易,拖着两个小子,黑王寨谁家爷们不怕?

像给女人的话作证似的,门外飞也似的钻进两个野小子,一个六岁一个八岁的样子。呵,吃炒鸡蛋喽,吃炒鸡蛋喽。话音落地,一盘炒鸡蛋也咽进了肚里,都是给苦日子逼的。子财放下工具箱,低了头,在箱子上坐了下来。

女人家里,还没个像样的椅子呢。两个破凳子,还没箱子面平实。

说吧,你是要我给你一天打三把椅子呢,还是三天打一把?子财把根烟含在嘴里,一明一暗的像他的心思。

一天打三把,省饭,省酒,还省菜,三天打一把,费工,费时,还费力。贪便宜的女人都会不假思索地加以选择,子财想试试女人的心思密不密。

女人闻言愣了愣,这是明摆着的事啊,师傅怎么有此一问?

子财不想难为她,子财就直说了,一天打三把,能管一时,三天打一把,管你一世。

那你就给我打哪能管一世的椅子吧。女人勉强挤出一丝笑,借师傅吉言,下一步找个能倚靠一世的男人。

倚靠一世?子财心里苦笑了一下,子财的爷爷给人打的陪嫁桌椅能用几辈人呢,可哪个男人能让女人倚靠一世?讨个彩头而已。

就下料,女人身子单,忙是帮不上了,只能帮着扯扯墨线,递递刨子,斧头类的活计。

晚上再上桌,子财冲俩小子招手,两小子中午挨了女人打,望着桌上的炒鸡蛋,喉咙里面咯咯作响却不敢拢边。子财说,过来。两小子过来了,子财把盘里的炒鸡蛋分成两份,吃了它,谁先吃完,我给谁做把木头手枪。

趁两小子舔舌头的当儿,子财摸出木头手枪一晃说,你娘要问炒鸡蛋,就说我吃了,不然,谁也别想玩枪。

两个小子很认真地和子财拉了勾,跟着一吐舌头,出去玩打仗了。子财空腹喝了一杯酒,冲厨房喊了一声,饱了饱了,别添菜了,给我上饭吧。

饭来得很快,女人在厨房正为难呢。子财冲女人说,大妹子你的炒鸡蛋很香呢。

女人听了夸奖,眉眼露出笑来,哪啊,赶不上嫂子手艺好。

嫂子?子财笑了,我还是光棍一条呢,干咱们这行,成家太早了,不好。得带了徒弟,有人帮着揽活了,才好顾家的,不然,怎么走府过县啊。

女人觉得好奇,这行当还有这么个讲究啊?

讲究可多了,上台饭要老板陪,下台酒要堂客敬。子财一顺嘴溜了出来,完了又后悔,大妹子,我不是故意说你的。

女人明事,女人就连连摆手说,怪我,坏了师傅的规矩。

子财说,这规矩吗,也是人订的,我不大讲究的。

女人说,下台酒我一定敬好师傅。

子财说,我等着,日子长着呢。

八把椅子,二十四天,说长不长说短也不短,女人家的母鸡下的蛋供不上了,子财看见女人走东家串西家的借鸡蛋,子财不制止。难得借这机会给孩子补补身子,要搁平日,女人才不舍得给孩子吃呢。

子财不是好那嘴头食的人,背个名声无所谓,反正女人不知道,让她借吧。

最后一天完工时,女人赶了趟集,回来时手里多了一提肉。下台饭,不隆重不行,再小气的主家也得上大荤,师傅酒醉饭饱了,才好讲工钱的。

女人倒上酒,女人说,一人不饮酒,慢待师傅这么多天,我心里有愧呢。完了女人一仰头,干了。

子财说那我不客气了,也一仰头,干了。

女人说,师傅你吃肉。子财夹起一块肉,放进女人碗里,妹子你也吃吧。

女人低了头,一滴泪砸下来。子财心里被砸得一疼,没男人疼的女人,真够可怜的。子财叹口气,不喝酒了,说上饭吧。上饭就意味着结工钱,女人去了里屋,翻出一叠毛票子来。子财说,钱我收了,你让两小子出来。

女人叫了两小子出来,子财拿起两双筷子,叫一声爹,这肉你们分了吃。

女人脸一变,使不得的,我这家底会拖累你的,你要真想占那个便宜,我陪你。

子财说,大妹子,你误会了,我是真喜欢这两小子,我想收他们当干儿子,大妹子你不会不舍得吧。

是这么回事啊。女人嘘了口气,连连点头,舍得,舍得。然后冲两小子说,还不叫爹。

爹。两小子异口同声地叫了一声。

子财把钱分成两份，塞进孩子口袋里，说爹给儿子见面礼呢，不能推的。

女人的泪一下子冲了出来，大兄弟，你这是挣的哪门子钱哟。

子财一正脸，行有行规，男子汉大丈夫，不挣窝心钱。

冬至大如年

紧赶慢赶，太阳还是在大老吴爬上黑王寨前咕咚一下掉进了最后一道山隘。

大老吴眼里就黑了一下，其实，黑是内心感觉。今儿，冬至了呢。

大老吴不怕天黑，大老吴怕的是漫长的黑夜，也是的，一个光棍，黑不黑天的无所谓。即便是白天，又有几个人肯多同他说一句话呢，即便有人说，又有几句是暖人心的话呢。

黑夜就不一样了，除了老鼠，大老吴家里就没别的可以制造声响的活物了。尤其是冬至的夜，一年到头，数这一夜最漫长了。

大老吴就这么心情黑暗着走近了自个家门

偏偏，有一明一暗的烟火在门口等着他，大老吴擦了擦眼睛，心说，这人一孤单鬼都上门不成？

也是的，在黑王寨，只有鬼火才上孤老门的，大老吴鬼都不怕，还怕鬼火不成？

大老吴就大大咧咧走上前,冲鬼火处使劲啐了一口。

不料,鬼火却飞快闪了一下,从闪的地方钻出一句话来,居然是人话,那话骂骂咧咧的,说,大老吴你想死啊。

是马麦爹的声音。黑王寨唯一的中医世家,大老吴不待见的中医世家。大老吴一直觉得吧,医生那套把戏是唬有钱人的,他大老吴向来信奉一点,病是人娇惯出来的,不然老话咋要说不干不净吃不生病呢。

当然大老吴也病过,还是马麦爹治好的。眼下,马麦爹老了,看病抓水药啥的基本是马麦接手,马麦是看病必须得出钱,马麦爹就好说话一些,三鸡蛋两红枣也能换回一点草药。多少次,大老吴背了人骂马麦和他爹,还悬壶济世,俅。依我看,这叫恨人不死。不然马麦爹乍一见他就说,大老吴你想死啊。

这话得往前推一段时间,好像节气正逢上寒露。

那天,大老吴贪杯,在集上多喝了两杯,回寨路上一爬身子就发软发热,完了就在寨子口牌坊下睡了半夜,结果应了那句古话,寒露身勿露,露了要泻肚。

大老吴一连三天,差点拉脱了水,走路两条腿直拧麻花。马麦爹见了,骂他说,大老吴你想死啊,都这样了还不舍得买副药吃!

大老吴说,买药,屁,天上的灰,地上的药,当我灰吃得少啊!

最终还是马麦爹给他塞了副药,马麦当时冷着脸冲他爹说,这药是你赊出去的,记你账上啊!

混蛋的,还医者父母心呢。

大老吴心下就明白过来,马麦爹肯定是要账来了。

大老吴就冷着脸说,迟了你的日子还迟了你的钱啊?放心,我一时半会死不了的!

马麦爹不冷脸,说,冬至了,怕夜长梦多,马麦请你过去喝酒呢。

大老吴心说,这马麦,要人帐还下那么大本钱,请喝酒,喝就喝,一个孤老还怕什么鸿门宴不成?

就一抖肩膀,呼哧呼哧喘着气,跟马麦爹去了。大老吴呼哧呼哧有两个意思,一是爬坡爬累了,二是心里有气。去了,却发现还有比他呼哧呼哧声更响的声音,在马麦家的厨里响着。大老吴很奇怪,吃顿饭,厨房弄那么大响动,至于吗,怕全寨人不晓得?

马麦爹说,全寨人都晓得,但你大老吴未必晓得。

啥意思?大老吴越发疑惑了。

今儿啥日子?马麦爹问。

冬至呗。大老吴心说,当我苕啊。

那冬至有啥讲究?马麦爹又问。

大老吴就吭吭哈哈讲究不上来了。

冬至不端饺子碗,冻掉耳朵没人管,这讲究吴叔你咋忘了?马麦笑吟吟端上一大碗热气腾腾的饺子上来。

有这讲究么?大老吴一下子结巴了舌头。

呵呵,马麦笑,这讲究可是咱们医家老祖张仲景说的,当年张老祖告老还乡,看见乡亲们都被严寒冻掉了半边耳朵,专门煮了一大锅驱寒的药材,做了许多耳朵一样的面食请大伙吃,后来就再没人冻耳朵了,才有这么个讲究的。

可我没冻掉耳朵啊。大老吴还是不明所以。马麦笑,您是没冻掉耳朵,但我们长了耳朵的,怎么说我们也不能输给老祖宗啊。

大老吴不说话了,端起饺子一个一个往嘴里喂。

那香味,那暖意开始一点点把他包围。

马麦爹倒上一盅酒,举起来说,兄弟,慢点吃,冬至大如年,年下的酒是越喝越有的。

大老吴低了头,果然,面前那杯本来只斟有八分的酒渐渐满了起来,还有一滴一滴的泪花正向里面添进去。

大老吴抹一把泪,端起来,一饮而尽,说,这冬至真的大如年呢。大老吴就在大如年的饺子碗里埋下头去,连汤汤水水全咽进了肚里。

归家仓

归家仓是黑王寨人对八月十五的另一种叫法。只是这种叫法老辈人嘴里出现的频率要高些,年轻人还是习惯叫中秋节。毕竟是正名,如同一个孩子,取个诨名也不是不行,但成了家立了业,就得规规矩矩叫大号了,显得尊重人不是。

在这点上恰好相反,黑王寨人成了家立了业后倒把归家仓放在了头里。按老辈人传下来的讲究,八月十五以前,地里的庄稼,树上的水果,园里的蔬菜,都得归到家里入了仓库。

人都晓得要团圆,庄稼不也得团圆一回了?当然,这时归家仓只是一个形式,象征性的每样收一些回来。把半生不熟的庄稼收回来,老祖宗不敲扁你的头才怪,败家的行为呢,这叫作。

黑王寨最不败家的女人是小满,打从过了八月初十,小满就开始到北坡崖巡查,很有成就感的巡查。

小满的成就感建在她的勤劳上,男人东志出门打工了,地里

家里就她一人扛着,爹过世了,娘瘫在床上,日子就显出了难,不然东志也不会出门打工。

娘瘫归瘫,却要强,娘这会就冲巡查回来的小满发了话,说,小满今儿初十了吧?

小满说,是初十了,我这就到店里买月饼吃。小满以为娘想吃月饼了,也是的,娘瘫得脸上没了血色,过了这个中秋恐怕就没下个中秋了。

这么想着,小满就抬头望了一眼院子里的柿树,一片柿叶在风中挣扎了几下,像时光叹了口气似的,那叶子就惶惶地飘落下来了。

娘也叹气,娘说花那冤枉钱干啥,我吃了月饼就算过中秋啊,我是问东志有信没?

小满摇摇头,她知道东志的脾气,早先两人在一个厂里打工时,从来就没年啊节的概念,他脑子里除了挣钱还是挣钱,能加的班从不放过。

娘就有点不高兴了,猫儿狗的都晓得要归屋的,他个当爹的人了,咋不晓得归家仓呢。

小满说那娘您先躺会,我把树上的柿子给下了,拿到集上可以卖好价的。

别。娘一下子急了,摘不得的。

小满说咋摘不得,都八成熟了,用温水一浸,红灯笼似的,好卖呢。

娘说小满你咋不晓事呢?

小满说我咋不晓事呢,这不归家仓吗?

娘说别的先归,这个等东志回了归。

小满说东志只怕回不来呢,跑来跑去要路费。

娘好端端的突然火了,娘说,挣钱为什么,不就为一家团圆过幸福日子,眼下团圆日子到了,两边扯着算个啥?

小满嘟哝了一声,您儿子啥脾气您不知道啊。

娘就不说话了,躺那呼哧呼哧喘气,反正,那柿子你等东志回来了下,我准保他八月十五一准回来归家仓。小满不吭声了,出门,望望满树的柿子,柿子又大又圆,黄皮上已开始显红了,等不到十五,准像一串串红灯笼挂在树上。

挂就挂吧。

小满有的是活路,小满就又上了北坡崖,黄豆该收了呢。

以往收黄豆,都是东志和小满一起,有说有笑的,那活路就显得轻。干累了,俩人站崖顶上朝自己屋里望,一树红柿子就招招摇摇挂着,小满常说,嘴馋了就回去摘了吃啊。

东志往往就拦了她的话头,别,留着给归家的人照路呢。

照路是黑王寨的说法,黑王寨人出门,喜欢选月头月缺为离家日,归家则选月中,月圆为团圆日,又大又红的柿子就是给归家人指路的红灯笼呢。

只是今年,小满叹口气,东志只晓得给别人照路,咋没想到自己家里也有条路照着等他回来呢。

晚上,娘再问小满,东志还没信?

小满点点头,一口一口喂娘的饭。

娘那天精神头很好,吃完了又添了一碗,一般娘都吃得少,人瘫着,吃多了屙啊什么的不方便,娘就忍了口。

娘吃饱了,似乎很满意,还要小满替她摘了一个柿子。完了娘冲小满说,放心,东志十五那天准能归家仓的,我拿灯笼引路呢。

小满心说,娘的脑子躺出毛病了,归家仓,几千里外说归就归啊。把个柿子真当灯笼了。

第二天,小满扫完院子里的落叶进屋去喊娘,一喊娘不应,两喊娘还是不应,三喊小满就带了哭声,娘手里的柿子啃了一半,人却奄奄一息了。只是手里还死死攥着那咬了一半的红柿子,那柿子才八成熟,涩得能让人喘不过气,娘的病是沾不得这东西的。

小满忽然明白娘昨晚的话了,娘是拿自己当灯笼了。

东志接到小满电话动的身,东志紧赶慢赶,在十五那天傍黑回到了黑王寨。远远地东志看见自家院子里红灯笼一样挂着的柿子在风中摇了几摇。

啪。就在他推开屋门的同时,树顶上最向阳的那个柿子掉了下来。

东志刚要弯腰捡,蓦地,从里屋娘床间传来小满的一声长嚎,娘哪,你咋把给东志引路的灯笼给丢了啊。

东志双膝一软,扑进里屋,半个红红的柿子正好滚到他的脚下。

归家仓呢,今天。东志耳边响起每年这个时辰娘最爱说的一句话来。

福临门

小桂是在半夜里被一阵扑棱扑棱的声音给弄醒的,揉了揉眼睛,小桂的第一个反应就是房间进了老鼠,在黑王寨这样的乡下，老鼠跟人一点也不陌生，特别是大姑娘的闺房，老鼠就更爱来串门了。

大姑娘的房间里，哪个不是香喷喷的啊，加上女孩子爱贪个零嘴啥的，更惹老鼠了。

开了灯，小桂学了一声猫叫，却不管用，扑棱扑棱声居然来自房间的顶棚。小桂一抬头，妈也，啥时候房间里飞进了两只蝙蝠来。

蝙蝠在黑王寨，也叫燕老鼠，意思是像燕子一样会飞的老鼠。

两只蝙蝠果然就燕子般灵巧地在房间盘旋，找不到落脚点也找不到出路的那种盘旋。

扰人清梦的家伙，打不死你才怪。小桂顺手操起一根顶杆来，在房间追着蝙蝠打，却打不着，两只蝙蝠像蝴蝶般在顶杆上下翻飞着。

打闹声惊醒了小桂的娘，娘打了个呵欠，趿绱鞋，把头探进房来，老大不小的姑娘了，半夜起来疯疯癫癫的，闹啥？不怕传出去找不着婆家。

小桂二十一了，还没个提亲的上门，娘有些着急呢。小桂不着急，小桂说，找不着婆家我就坐堂招夫哇。

娘嗔了小桂一眼，还不快点睡去，瞎嚼个啥？

睡不着，有蝙蝠，等我打死它们了就睡踏实了。小桂说。

什么？蝙蝠。哪儿？娘一下子呵欠没了，眼光贼亮贼亮地在房间扫描起来。

喏，那儿呢。小桂一指顶棚角上，刚才闹着可欢啦，这会倒老实了。完了操起顶杆爬上床又要去打。

打不得的，乖乖。娘一伸手夺下了顶杆。

有啥打不得？一个燕老鼠还当活宝啊。小桂心里不服气。

蝙蝠落定，福气进门。你还小，不醒事的。娘脸上喜滋滋的。

不就两只蝙蝠吗？小桂不以为然哼出了声。

娘说小桂你还记得姥姥过八十大寿挂的那副百寿图吗？

记得啊。小桂很奇怪，姥姥过八十大寿时乡里派人专程送了一幅百寿图，结果姥姥硬是活了百岁才过世。

那图上就有五只蝙蝠呢。娘说这是有讲究的，叫五福捧寿。

小桂就依稀想起来，真有五只蝙蝠团团围着中间那个最大的寿字。想起来归想起来，小桂还是没好气，我又不打算活一百岁，活老了讨人嫌的。

那你总想寻个好婆家吧。娘说，古话讲了的，祸不单行，福无双至。放心吧，就这两天，秀姑准会上咱家的门。

这么肯定啊？小桂不以为然。当然了，两只蝙蝠呢，你以为那么巧的啊。娘很认真。秀姑是黑王寨最出趟的媒婆，哪家姑娘被她惦记上，一准就掉福窝里了。

刚才，小桂做梦就梦见秀姑正跟自己搭言呢，所小桂才恼火要打蝙蝠的。

半信半疑送走娘，蝙蝠也静下来了，小桂的心却静不下来，秀姑真要进了门，会给自己找什么样的婆家呢？迷迷糊糊想到了日上三竿，小桂还没起床呢，就听见了狗叫，莫非秀姑真上门来了？小桂吓一跳，三下两下对着镜子梳了头，还扑了点粉，门口一看，却没半个人影，爹娘早下地了。

小桂有点失望，咬了咬嘴唇，便生火做饭。哟，好香的菜啊。这回狗没叫，人却进了屋，小桂一抬头，真是秀姑呢。

秀姑穿得很齐整，不像要下地的样儿。

想到昨晚的事，小桂就红了脸，问秀姑，姑您有事？

没事,就路过,跟你爹妈说句话。秀姑一边搭腔一边拿眼寻小春爹妈。

我爹娘下地了,马上就回来。小春低眉顺眼刚说完,爹娘真就回来了,约好了似的。小春见状,悄悄退回了房间。

眼里望着顶棚上那对蝙蝠,心里却跳得欢,莫非蝙蝠还真带福气进门了?

门虚掩着,小桂明明白白听见秀姑说,四嫂子,咱家小桂有相宜的人家没?

没,没呢。小桂娘说,秀姑你香脚宽,给小桂留意着啊。他爹,还不倒茶。

秀姑一听乐了,有倒有一门,就怕小桂瞧不上。

咋瞧不上?我家小桂又不是金枝玉叶,只要人家小伙子不缺胳膊短腿就行。娘也乐了。

小伙子倒不缺胳膊短腿,但眼下缺房子,跟哥嫂一块住,就怕小桂受不了这份委屈。秀姑喝了一口茶说。

小桂娘愣了一下,这样啊!

秀姑说要不问问小桂意思再说吧。娘就进来问小桂,小桂红了脸,只要小伙人品好,两双手还怕盖不起三间屋?

秀姑一听这话,伸了拇指说,你家小桂能啊。这会挑的挑人样,不会挑的挑家当。你猜那小伙子是谁啊?

谁?小春娘赶忙问,小桂也支起了耳朵。

马麦啊,刚从农校进修回来的马麦啊。秀姑一拍大腿说。

这好的娃,他会看中小桂?小桂娘傻了眼,他家不缺房呢。呵呵,这是马麦的点子,他让我这么对女方说的。秀姑笑了,马麦说找媳妇吧,就得找个有主见的,以后在他做事业是个帮手,我可是问遍了寨里姑娘,一听没房好多闺女都摇了头,就你家小桂没摇头,福临门呢,这是。秀姑话刚落音,两只蝙蝠扑棱一下子从小房里飞出来,燕子般穿绕着倒挂在屋檐下。

仁义狗

在黑王寨,三岁小孩可能不知道村主任是谁,但绝对晓得仁义大伯。

晓得仁义大伯了,自然就晓得仁义大伯家的狗,那是一条让寨里人宝贝得不行也羡慕得不行的狗,严格地说,狗比人还仁义。

这狗是有故事的,三年前,它救过仁义大伯一家的命,要搁古时,这狗就得叫义犬,可以上地方志,也可以上史书,死了还能立义冢的,多大的荣誉。即便在黑王寨这样偏塞的地方,也足以口口相传一辈又一辈人的。

眼下,这狗正和一群小孩儿在寨口的大槐树下撒欢儿,它一会儿拿嘴拱拱这个孩子的大腿,一会儿用舌头舔舔那个孩子脚丫,但更多的时候,它把眼睛盯在路口,尾巴竖得高高的,耳朵支得愣愣的。

孩子们都晓得,它这是在等仁义大伯,单等大伯一下车,它的尾巴就会摇得像车轮,耳朵扇得像钟摆往上扑,拿嘴使劲在仁义大伯身上拱,拿腰身拼命往仁义大伯腿上蹭。

仁义大伯也一准会仁仁义义地笑着蹲下来,把它抱在怀里,用脸贴着它的头,用手摸着它的颈亲热一番,还不忘往它嘴里塞一根火腿肠的。末了,仁义大伯才会站起身给孩子每人一颗糖果或一块饼干什么的,以前赶集回来都是这样的,何况这一回,仁义大伯可是赶的更远的集,是省城呢。

掰开指头数一数,黑王寨五十往上走的人中,有几个上过省城?大城市呢,要多大有多大,大得黑王寨人有限的想象无法延伸下去。

仁义大伯去省城,是看儿子的,儿子念过几天书,心野,非得出去打工,一跑跑到了省城。

出去有什么好呢,在家千日好,出门一时难。仁义大伯劝也劝了,骂了骂了,可不顶用,有几个五十岁的人能看得住二十岁的大小子?

这不,晓得出门难了吧,托人从省城带了口信,要仁义大伯去一趟。

本来仁义大伯想带上狗一起去的,可他出不起两个人的车票,狗在仁义大伯眼里,同人是没区别的,狠一狠心,仁义大伯在出门前狠狠踢了狗一脚,狗才委屈得不行,没跟下寨子。往日里出门,哪次不是仁义大伯背了手走在前面,狗撒着欢跟在后面,有时狗也会冲到前面,翘起一只腿,撒一泡尿,低头嗅嗅又扒拉点浮土盖上,狗这是留记号呢,怕回来迷路。

说到路,路口果然从杂树林中蹿起一股黄烟来,滚着滚着卷到了寨子口。

狗在扑来的尘土中紧闭了嘴,两眼不错地盯着车门,它知道,仁义大伯一定会最后一个下车的,他习惯了在任何场合谦让别人,但这一回,狗的思维没跟上仁义大伯的步伐,居然是他第一个挤出的车门。

狗没来得及调整欢迎的仪式呢,仁义大伯就阴沉着脸颊着

帆布包踉跄着往回走，一脸的漠然，任凭狗在后面如何咬他裤腿也没回一下头。狗以为，仁义大伯会放下那个帆布包抱着它的头象征性亲热一下的。

但是，没有。连亲热都没了，那根见面礼火腿肠自然也没见着，狗有点生气了，对着帆布包使劲咬了一口，以提醒仁义大伯该对它有所表示的。

这一咬，仁义大伯果然有了表示，他恶狠狠瞪了狗一眼，骂了一句，找死啊。

狗很委屈，我明明是找食，你却装糊涂说我找死，我倒要看看，你帆布包里装了什么，比我还宝贝。

别别扭扭回了家，一进门，仁义大伯忽然像见了阳光的雪人样瘫在了地上，拼命捶自己的头，揪自己的头发，嘴里含糊不清地呜咽着，叫你不出门，非要不听，这下好，连个尸首也没落下。哭完了，仁义大伯想起什么似的，飞快闩上门，把帆布包拉链打开，取出两个红布包着的东西，一样是方方正正的纸，上面有红红的人头像，另一样很奇怪，就一根惨白的圆柱，莫非是新式的火腿肠。贵财富方工业

只见仁义大伯把那根圆柱放在脸颊上蹭来蹭去不说还放到嘴巴边嗅了又嗅，末了又用红布包好，警惕地看了狗一眼，重新装进帆布包。

一定是好吃的东西。仁义大伯向来这样，好吃的金贵的东西总要放得快不能进嘴了才慢慢地，心有不舍喂进嘴里，边吃还边咂摸不已。

狗的口水忍不住流了出来，长长的不断线地滴到地上。

仁义大伯把包放到桌上，转身寻了柄挖锄出了门，一会儿，院墙外的树林里传来他吭哧吭哧的刨坑声。

狗这一回没仁义,它跳上了桌子。

那根新式火腿肠却没往日的好吃,没熟,里面有血腥气不说还带着骨节,狗吃完后伸长舌头寻思,这年月,城里人也太不仁义了,一根火腿肠还弄得不三不四的。

狗是在半眯着眼被仁义大伯一挖锄敲在头上震醒的,被敲懵了的狗张大嘴,舌头上还沾着一点没吞进去的骨头渣子,它眼中的仁义大伯正疯了般地把挖锄又一次抡圆了,仁义大伯眼珠子是红的,脖子上的青筋像蚯蚓般鼓胀着,他一准是疯了,狗摇摇晃晃爬起来,想凑拢仁义大伯,给他一点安慰。

偏偏,又一挖锄抡在自己头骨上,狗嘴里白沫喷出来,白眼翻了几番,从喉咙里发出不连贯的呜咽来,它想不通的是,这么仁义的人,进了回省城咋就不仁义了呢?

仁义大伯忽然跪了下来,抱起狗的头,一任血和白沫溅在自己身上,你太不仁义了,你咋比城里机器还不仁义呢,我儿被城里机器吃得只剩了一根手指,你不该连他手指也吃了啊。你是条仁义的狗啊,你该晓得的。

狗好像真的晓得了,很仁义地垂下了头。

头水奶

蹦蹦车把一车人的骨头都抖得散了架,生贵还是觉得慢,到底是做了爹的人,晓得啥叫归心似箭了。

生贵这次回来,有点开弓没有回头箭的意思,走之前,工头

苟得志一副小人得志的嘴脸威胁他,不就生个娃吗?还请假,告诉你走了就别想再回来,这是工地,不是你家菜园子门,想进就进想出就出的。

生贵嚅着嘴巴,又一辈人呢,我当爹了你晓得不?在黑王寨,生娃是最大的事,人活着,不就图个传递香火?

苟得志才不管生贵传不传香火呢,在工地上他就是一个小菩萨,享受生贵他们的香火,行,回家传你的香火吧,工地上的规矩你知道的,这个月没做上头,工资你别指望了。

生贵心里疼了一下,但做爹的喜悦淹没了这点疼,不就一个月工资吗?只当月大了几回的,乡下人别的没有,就有一把子力气,出出汗对身体还有好处呢。

生贵知道,他出这点汗跟媳妇天玉出的那身汗不能比,媳妇生娃,骨头缝里都裂开了,不光流汗,还流血,过了一遍鬼门关,老话咋说的,娘奔死来儿奔生。

生贵这会儿一下车,哪儿都不奔,一个劲往寨上家里奔,好几个寨里长辈冲他打招呼说生贵你回来了,生贵你升辈了呢。

生贵知道按寨子里规矩他应该回一句说,搭您的洪福,多了个叫孙子的。但生贵只晓得傻笑了,嘴张着,笑出一脸不遮不藏的幸福。

今儿个,喜三呢。生贵从请假到结工钱再搭车紧赶慢赶才赶在了喜三这天回了家。

娘却把他堵在了屋门口。

生贵正要往屋里挤,娘敲了他额头一下说,先洗把脸,瞧你一身的汗。

洗了脸,生贵又要往媳妇屋里钻,娘却端过一瓢水来,生贵这才想起口还真的渴了,咕一通喝了个精光,水从喉咙吱一声流进了肠胃。

娘不乐意了,说,水是给你照脸的,没想照你那花花肠子。

生贵才想起寨子里讲究来,喜三这天是给媳妇下奶水的日子,有汗的人不能进月房的,照脸是怕走远门的人身上带了不干净的东西,果然,生贵就着娘的另一瓢水还没照完脸,娘抽出一条新毛巾使劲在他身前身后各掸了三下,据说,这样可以赶走孤魂野鬼和梦婆婆,月窝里的孩子,最惹这三样东西了。

生贵这才换上踏了后帮的拖鞋进了屋,天玉屋里奶香和尿臊味薰出生贵一脸的滋润,生贵使劲吸鼻子,说香,真香。

天玉笑,说,香你多闻几下,我可要被薰昏了。

生贵觍着脸要去逗儿子,天玉拍了他一巴掌,说,你那糙手,别把儿子嫩生生的皮肉弄伤了。

生贵就把嘴贴上儿子露在小被子外的脸蛋上,毛茸茸的小脸蛋让生贵很受用,难怪老人喜欢叫毛娃子,还真是毛得可爱呢。

亲完了儿子,生贵就开始掏钱,边掏边问,奶水够不够,要不要再去买几条鲫鱼回来下奶。

天玉一噘嘴,等你买了鲫鱼回来下奶,儿子只怕早给饿坏了。生贵一听天玉这口气就知道娘一准买了鲫鱼了。

生贵说,你不知道,为回来看你们娘儿俩,吝得志个王八蛋扣我一个月工钱呢。生贵没说工头威胁不让他回工地的事,那样天玉会怄气的,这年头打工找事不容易,但月窝子起了病更不容易治,生贵是拎得清轻重的人。

天玉刚要接嘴呢,外面响起一个声音,谁骂我王八蛋呢。我这不给你送工钱来了?跟着门帘掀开,吝得志晃了进来。

生贵一怔,有点不相信自己的眼睛。

果然吝得志手里捏着一叠钱,吝得志说,生贵兄弟,你走后经理骂我了,说不该克扣你工资,这不,经理还托我送你一个红包呢。

经理送自己红包？打死生贵两口子都不信,半信半疑打开一看,居然是两千元现金,生贵立马结结巴巴说,这无功不受禄的,咋好要经理破费呢？

吝得志笑,你媳妇有功啊。

生贵摸不着头脑,说,跟我媳妇八竿子打不着啊。

吝得志一努嘴,外面走进一穿金戴银捂得严严实实的女子来,女子手里也抱着一个孩子。

女子很客气,说,大姐,能借一口奶水给我娃儿吃么？

天玉心说,一口奶水而已,就掀开被子坐起身给那娃儿喂奶。

生贵见吝得志退出门冲自己挤眼睛,晓得里面有文章,也跟出去了。

吝得志小声说,知道她是谁么？

生贵摇头。

吝得志笑笑,说,经理的新夫人呢。

生贵说,关我什么事？

吝得志说事大了呢,经理说了,只要你媳妇把奶水分一半喂他的孩子,每月给你媳妇两千元,而且还让你在工地上管基建。

在工地管基建,相当于跟工头平起平坐了,生贵呼吸一下子急促了许多。

经理夫人为了保持身材不想给孩子吃奶,这点生贵知道的,牛奶也吃不成了,里面有三聚氰胺这点生贵也知道,经理是啥人物,生贵更知道,得罪不起呢。

生贵说,我跟天玉商量商量。

天玉刚给那孩子喂完奶,感到心里空得慌,天玉说,非得给他孩子吃奶么?

生贵不敢看天玉,生贵把那叠钱翻来覆去地数。

天玉说,我这是头水奶,虽说有营养,可要供两个孩子吃,就总有一个饱一个饥的。

生贵脸上就有了汗,不敢看自己儿子了。

天玉又说,拿了人家的钱就得先管别人孩子饱,你晓得?

生贵自然晓得,眼圈立马就红了一半。

天玉见生贵怎么都不吭声,就知道这事板上钉了钉,天玉抹了一把泪说,你晓得就好,欠孩子多少将来还孩子多少,给我使劲挣钱,长大了把娃给供出去,免得娃的娃也被人抢了奶吃。

生贵不说话,只是拼命地流泪。

生贵想我这泪要能变成头水奶,该多好。

落　福

过年的时候,天居然热了起来。

这在黑王寨不多见。当然,这个热跟天气没太大的关联,十冬腊月的,能有多热呢,这里说的热是人闹腾出来的动静。

年下了,该回家的人都回来了,寨子里以往的空旷就被各种声音填满了。

一年不见,冷不丁在寨子口撞上,男人们互相擂上两拳头,

女人互相搂着腰。几句暖心窝的话一掏出来,心头不就暖暖的了。

难得的几天热呢,连寨子里的鸡啊狗的都晓得这个谱,不辞劳苦地配合着主人,此起彼伏地喧闹着,有点不遗余力的兴奋。

也是的,年一过,这份热闹就又归于山林了,山林里多数时间是安静的,死一般的安静。

四姑婆就在这热天的傍黑出了门,这个门出得有点远,四姑婆一直出到寨下河边大老史的门口。

大老史正在河边转悠,看见四姑婆下来,吓一跳。黑王寨人都晓得,身上通神的四姑婆是轻易不登别人门的,这会可是年下呢,而且还是傍黑。

大老史就急忙迎上四姑婆说,姑婆您有事带个信就成,还劳您踩黑下来。

四姑婆说我没事,说完扭着一双小脚左右张望着,大老史顺着四姑婆的眼睛望,一望,望见大老吴的影子从集上挪了回来。

大老吴是特意摸黑回的寨。

也是的,年下了,家家户户没了往日的冷清。唯独他大老吴,愈发的冷清起来,光冷清,大老吴也不觉得有啥,关键是年货,让大老吴脸上挂不住。

前段时间,集上办年货的人多,那鱼啊肉的就一个劲往上涨价,涨得大老吴捡一天的破烂还换不回一条鱼。大老吴就心说,忍一忍,等大伙年货都备足了,自己再去买鱼。肉可以不买,鱼是年下桌上必须有的一碗菜。

不然,怎么年年有余(鱼)呢。

但偏偏,大老吴今天去赶年下最后一个集时,傻了眼,别说鱼了,连片鱼鳞都没见着。

大老吴无奈之下,只好把买鱼的钱买了半袋子大白萝卜,萝卜上街,药铺不开呢。

没病没灾过个年,比年年有余也差不到哪儿去啊。大老吴这么想着,脸上就挤出一丝笑来。

四姑婆是迎着大老吴的笑打的招呼,四姑婆说,大老吴哎,过年办的啥年货啊?

大老吴急忙把手里的蛇皮袋往后面藏,没,没啥。

没啥你还藏?四姑婆脸上不高兴了,怕四姑婆抢了你的还是贪了你的?

大老吴被四姑婆拿话一逼,不好再藏了,只好红着脸把蛇皮袋挪到面前,嘴里嗫嚅着,几根萝卜,真没啥的。

四姑婆就一脸欢喜样,真是萝卜?

嗯,真是。大老吴点点头,几根萝卜,在黑王寨不算稀罕物儿啊。

四姑婆却一脸稀罕样地扑上来,抢住那个蛇皮袋冲大老史说,大老史你借我几条鱼用用,待会我叫四爷送你钱。

借鱼用用?大老史一怔。

是啊,我换大老吴的萝卜。四姑婆急急忙忙的。

鱼换萝卜?这下不光大老史发怔,大老吴也发了怔,四姑婆天天烧香敬神烧坏了脑子吧。

四姑婆见他们发怔,脸一扬,我说你们啊,白活了大半辈子。这萝卜,在过去可是吉祥物呢。

萝卜是吉祥物?大老吴大老史互相对望了一眼。

萝卜就是落福呢。四姑婆嘴一撇,亏你们还经常看电影电视,就不晓得留点心。

留什么心?大老吴大老史异口同声发了问。

你们就没看见,过去大户人家,皇亲国戚啥的拜神敬祖宗,除了猪头三牲,哪个场面少得了白皮萝卜,求的就是落福到自个头上啊。

大老吴没看见,看见了也肯定没留心。大老史同样没看见,看见了同样也没留心。黑王寨只长红萝卜,这白萝卜是外地种,个大,汁甜。

大老吴就眼睁睁看着四姑婆从大老史那儿提了鱼来换自己的萝卜,好在四姑婆还给大老吴留了一个大萝卜。

落福落福。怎么也得让大老吴落点福。

落了福的大老吴就心满意足背了蛇皮袋子上寨子,这下好,不光落福还年年有余(鱼)了。

大老史见大老吴走远了,就背起地上的萝卜,说,姑婆我送你回寨子吧。

四姑婆说,送什么啊,送我还不是得自己走啊。

我送这萝卜啊。大老史拍了拍蛇皮袋说,它可不晓得自己走啊。

四姑婆笑,说,留着给你落福吧,钱,你四爷待会就会送下来的。

不拿它敬神?大老史懵了。

敬什么神啊,我听陈六赶集回来说,大老吴在集上办年货啥也没办着,才想的这一招,总不能咱们一寨人过热乎乎的年,把大老吴一人撇年外头吧。

大老史眼圈一红,说,四姑婆您真是给人落福呢,那您也搭帮我落一回福。这鱼当我送大老吴的,行不?

打　碗

　　天玉第一次进黑王寨时，留了个心，她把黑王寨的山山水水，果果木木都记在了心里，包括寨门口那个牌坊。

　　怎么说，她也是黑王寨第一个娶进门的外省媳妇呢，得先熟悉这片土地不是？熟悉了才会亲热，亲热了才会有感情，人活一辈子，图的不就是感情上有个依靠吗，不光是对人，还得对赖以生存的环境。

　　这点上，天玉心里明镜似的。

　　生贵喜欢的就是天玉的这点晓事明理，不然，巴巴地从外省娶回一个不明事理的媳妇，惹寨里人笑话多没脸面。

　　记得天玉刚进寨子那天，路边的打碗花开得正亮，天玉伸了手刚要去摘，生贵吓一跳，说，别，摘不得的。

　　为啥摘不得？天玉手缩了回来。

　　这叫打碗花，摘了，你在这个寨子就会端不稳饭碗了。生贵解释说。

　　难怪呢，这路边开这么多，也没见少一朵。天玉伸一下舌头，开玩笑说，又不是在工厂打工，还怕我们的泥饭碗打破了啊。

　　生贵一脸严肃地说，寨里人，很忌讳这个的。

　　天玉就笑，哪来这么多穷讲究啊。

　　生贵也笑，讲究大着呢，有句老话叫十里不同风，五里不同俗，你没听说过？

天玉说在书上看见过。

还有书上看不见的呢。生贵很骄傲地一昂头。

日子就在生贵的一昂头中往前淌了，到底是外省人，与黑王寨或多或少有着距离。算命的五瞎子有一天冲生贵娘说了，黑王寨养不了天玉这样的女人呢。

生贵娘就白了脸，问他说五先生你这话啥意思？

五瞎子摸摸自己刚剃的头，说，没啥意思，问问你媳妇就晓得了。

做娘的自然不好问，就转了弯让生贵去打听。

生贵不转弯，两口子吗，直来直去好。生贵就问天玉，说好端端你惹五先生干啥？

天玉说我没惹他啊。

没惹他当娘说黑王寨养不了你这样的女人？生贵挠一下头，说，你仔细想想，哪点犯人家毛了。

天玉看生贵挠头，眼睛一亮，说，我不光没犯他的毛，还给他送人情了。

人情，什么人情？生贵一怔。

今儿我不是赶集带娃儿剃头么，在老赵的剃头铺子，刚好五先生也在剃，我就顺便帮他把钱结了。

你啊你。生贵一拍大腿，我说呢，五先生不会平白无故这样编排你。

我咋啦？帮他给钱还悖了理不成？

那要看你给的什么钱，黑王寨讲究大，我早告诉过你。

给钱还有讲究？天玉怔了一下。

当然，有两样钱是不能帮人家给的，生贵说，一是剃头的钱，二是敬香的钱。

这是个什么讲究？天玉睁大了眼。

剃头不出钱，等于别人送你一个头，你喜欢啊？变相咒你死呢。敬香更不用说了，出不起香火钱的除了死人还有谁，生贵搓着手解释。

天玉忍不住扑哧一乐。

没乐完呢，院子里婆婆重重咳了一声，往后院茅厕去了。婆婆脾虚，消化不良，月经一向不对时，这点上天玉清楚。一个院子里住着，又是女人，天玉就冲生贵说，放心，黑王寨养得了我这样的女人，明儿你请五先生到家来，我保准他能改了这个口。

能的你。生贵不信，五先生一向是不改口的，他那嘴，是铁算盘呢，一打一个准。

准不准，还要能张口啊。你听我的，我也打一回铁算盘，五先生这会说错话了，嘴肿得抽口气都疼。

生贵将信将疑去了，回来时把个眼睛盯着天玉头上脚下地瞧，像不认识似的，嘴里连连说，邪门，邪门，跟你看见了似的。

天玉心说，我当然看见了，剃头时他腮帮都肿了的。

第二天，五先生来时，生贵娘正疼得脸上流虚汗呢。

天玉冲生贵说，把院子里的打碗花给我先摘几朵。

摘打碗花？生贵和五先生还有生贵娘同时吓一跳，这天玉，当真不想端黑王寨的饭碗了？

见生贵不动，天玉只好自己去摘了几朵，捣碎，又端进屋，不知怎么倒腾了几下出来冲五瞎子说，五先生麻烦你把嘴张开。

五先生说我牙疼呢。

天玉说张开了就不疼了。五瞎子正被这牙疼折磨得要命呢，瞎子吃饭靠的嘴，牙一疼，还怎么给人算命挣钱？五瞎子就半信半疑张开了嘴。

天玉把捣成糊状的打碗花粘贴到五瞎子红肿发紫的牙龈上,居然,清清凉凉的,牙痛一下子给止住了。

天玉回过身子,问生贵,想娘的病好不?

生贵说,娘啥时有病了?

天玉白一眼生贵,说,养儿一百岁,长忧九十九。你倒好,娘都疼得冒虚汗了,你还当没见着。生贵这才看见娘脸一片蜡黄,天玉把院子里一把锄头递给生贵说,找那根茎粗的打碗花挖下去,娘的病准好。

生贵娘迟疑了一下,说,孩子,摘了打碗花你会没饭碗吃的。

天玉笑,说,娘啊,我不忌讳这个的,只要娘的病好,有饭吃得香,我的饭碗,打就打了吧。

天玉早年在中医院做过临时工,知道打碗花可以治牙痛,它的根茎健脾益气不说,还利尿,对月经不调和白带病有特效。

这世上,哪有能端一辈子的碗呢。老嫂子,你就听天玉的吧。五瞎子牙痛被止住,他这当儿忽然冲生贵娘开了口,完了又回过头对天玉说,天玉你改天再送我一个头吧。

诸　侯

水往山里流,代代出诸侯。这话在黑王寨传了一辈又一辈,这水也往山里流了一年又一年。寨子里却没出过一个人物,更别说诸侯了。看来传说只能是传说,当不得真的。

因为没出过人物,黑王寨的人就不续族谱,不设祠堂。先人们那点挂得上嘴的事情,就靠口口相传了。不像古时那些达官贵人,皇亲国戚,正史野史闲史一大堆,到末了,连自家后世子孙也辨不清真假,反倒惹平民百姓笑话。

黑王寨姓氏杂,谁也不曾笑话谁,各人做好自己的本分事才是正经,笑话人,能把自己笑话成一个诸侯不成?

因了这点缘故,黑王寨的人多半有手艺压身,是艺不是艺,压身就得迹。这话,也是祖宗传下来的。

也有不得迹的,那就是花匠老丁,挣死人钱的活路,能得多大个迹?糊个囫囵饱而已,虽只是个囫囵饱,老丁却把活路做得特别精细。花工本身就是个细活,老丁再这么一精细,得,那些纸糊的金童玉女,高头大马,亭台楼榭就栩栩如生了。可惜,搁不上半天,一堆火又灰飞烟灭了,顶多让死者的亲属啧啧赞叹一声。

就这一声赞叹,于花匠老丁来说,却是极大的鼓励,手艺人,挣钱不挣钱,混个肚儿圆,谁都可以的。但一声真心的赞叹却不那么容易得的,寨子里的人口拙,不兴说违心话,除非你的活路真的做得顶呱呱。

黑王寨能把活路做得每一个人都啧啧叫的,你扳着指头数一数,还真就老丁一人。服气不?不服不行。

老丁膝下无子,仅一女,心眼高,高得看不上寨子里的手艺人,从寨子外面招进一个女婿来。寨子里有规矩,端人管,受人管。女婿就随了老丁学花活,算是门里师了。三五年下来,日子说长不长说短不短的,女婿自衬可以出去接活了,就对老丁央求说,爹,赶明儿再有活,您老就歇着,我替你跑腿。女婿是不想给老丁打下手呢,三十大几岁的人了,被个老头呼来喝去的,在外人眼里,很没面子的事。年轻人,哪个不好个面子呢。

女婿的心思老丁不是不懂;老丁也一向好说话,顿了顿,老丁说，行啊，哪天揽个大活了，你就去。

在花匠眼里，大活有两种，一是亡人的五七之期，二是三年满孝之日。这两宗事，多穷的人家也会倾其所有，为亡人风光一番的。

女婿就等大活来临，五七来人请，进门烟人家奉给的老丁；满孝的来人请，坐在上席喝酒的还是老丁。女婿心里就犯堵了，看来这女婿还真就只算半个儿，你挖了心肝给人下酒，只怕人家还嫌腥。

女婿就沉下脸闷着头做事，接活的话自此绝口不提，手艺倒是日渐精进了许多，越精越发现花活中的丝丝奥妙来。别说，老丁做的金童玉女，你只要拿手碰一碰，头就点个不停，活灵活现的，那亭台楼榭，乍一看都像有微风入林呢。

日子像树叶，枯了黄，黄了青，那日里老丁正闭目养神呢，女婿娘家来人发丧，亲家公驾鹤西归了。

老丁唤出女儿女婿来，手一挥，去吧。见女婿光着手，老丁又补上一句，带上做活的家什。

女婿不解，三天圆坟就烧一栋房子和金山银山，这点小活，谁做不是做啊？

老丁眼一瞪，花匠心里就没有小活这两个字，你亲自做吧。

女婿再望老丁时，老丁已闭了眼。

带上家什，女婿心急如焚和老婆直奔娘家门，那活不用说，是做儿子亲自动的手。爹辛苦一辈子，没住上像样的房子，到了阴间，总得有个好归宿吧。女婿一边淌泪一边做活，爹对他的千般好像过电影似的浮在眼前，那活路做得自然尽心，其间连鼻涕蹚过河了都没空擤一擤。

三天圆坟那天，金山银山一出屋，小楼就一片珠光宝气了，亲戚族眷左邻右舍不由自主啧啧赞叹出了声。名师出高徒呢,这是。

化了纸钱,烧了金山银山,女婿回到寨里来,把家什刚要还给他爹,老丁一摆手,说,以后再有活了,你去接,我老了,也该离享享清福了。

可我还没接过大活呢,怕砸了爹的牌子？女婿说。

大活,什么大活比得过你爹过世？老丁眯上眼,孩子,咱做花活的,时时记住,死的就是自家亲人,你的活自然就做细了,做精了,七十二行,行行要用心的,主家就是我们的衣食父母呢。

女婿不说话,双膝跪了下去。他明白老人的良苦用心了。

老丁不睁眼,继续往下说,古人说的拜将封侯又如何？没有衣食父母,哪来王侯将相？花活做好了,不也是一方诸侯啊。

心　疼

黑王寨的男人性子粗,没打过婆娘的,少。打过了认错的,也少。至于打完了心疼的,更少。

打出的媳妇,揉出的面。这是黑王寨颠扑不灭的真言。当年被男人打得泪花子飞溅的婆娘们,在儿子后面长志气时,都会用这句话训导儿子给媳妇点颜色看看,典型的好了伤疤忘了疼。

日子一长,黑王寨男人都惯出打婆娘的毛病来,边打边咋呼,娘的,三天不打,你就上房揭瓦。

其实黑王寨的婆娘一个个挺冤的,说她们上树摘野果,捋桑

叶啥的还有人信,上房揭瓦?自己都会心疼的事,哪片瓦上没自己的血汗哪。

受了冤也没法子,还得下地,还得做饭,还得喂猪,喂得肥肥的,油油的,让男人吃饱喝足了好有劲下田犁地。

犁地是个力气活,靠男人使唤牛。这点上,婆娘是心服口服的,黑王寨的牛,性子野,欺生,更欺女人,得靠男人有一把牛劲才能调教得动。

男人的牛劲从哪来的?当然是一片片红烧肉养出来的,哪家婆娘会养猪,哪家婆娘挨的拳头就少些,也轻些。

四姑在一帮婆娘中就显出眼来,四姑长相粗,粗才舍得力气,粗才舍得工夫,把个猪调养得膘肥体壮的。同别的婆娘一样,四姑不习惯在日历牌记事,日子都在手指上绕着圈儿掐,掐乱了没关系,有二十四个节气来理顺呢。

过了清明捉仔猪,这成了四姑雷打不动的规矩,请兽医劁了养两个月,正赶上伏天,伏天也长膘,但得侍弄好。一般人觉得吧,人都怕过伏天,何况是猪?其实错了,猪只要不热过头,放林里散养一个月,保证它噌噌地长肉。

入了秋,猪就得归栏,秋天瓜菜什么的充足,猪吃了长板油,再到冬天,离宰杀日子近了,四姑就会更上心了。算算,没几日活头了呢,四姑还一把鼻涕一把泪的。

四姑男人就笑,这婆娘眼泪就是作,我又没弹你一指头,哭个啥?是猪就免不了挨一刀子。

杀完猪,就到了年下,四姑男人闲了。闲下来的男人天天往牛棚里钻,上草,饮水,牵到山坡上晒太阳,四姑就笑,没见你侍候娘老子这么上心过呢。

男人扬了扬巴掌,又放下,嘿嘿笑,你个头发长见识短的婆娘知道啥？咱们庄户人吃的是牛这碗饭呢，没牛你试试看，你的日子还能动步不？

四姑就抬了眼四处望，房子是牛帮着挣的，田地是牛帮着犁的，没牛这日子还真不知怎么熬呢？男人见四姑乱转个脑袋瞎瞅，男人就摸了摸牛头说，你看看牛眼睛里还有啥？

四姑凑拢去，往牛眼睛使劲瞅，瞅出一个黑黑壮壮人影来，是她自己的身影。

男人说瞅你那傻样，没牛，我能娶上你？这话倒实在，黑王寨打光棍的男人，基本都是没牛的主，你不能娶个女人回来当牛使吧，即便能，还要女人愿意不是？

四姑笑了笑，样子傻傻的，一脸幸福的傻样儿。

春去春又来，四姑的猪宰了一头又一头，四姑的眼圈红了一回又一回，男人的牛也开始走不动路了，先是瘦，跟着牛便塌了架，一天到晚卧在牛棚里，起不了身。

男人请了兽医喂了药，走时兽医撂下一句话来，卖了吧，这牛老了，多少变几个钱。

别说，这牛还真老了，男人喂的豆饼它连嗅一下的力气都没有了。卖，男人不舍得，跟了自己二十多年呢。钱，钱，你个当兽医的只知道钱，咋没法子让牛多活一年呢？在一个月黑风高的夜晚，男人的哭声响了半夜，牛的头落地上了。

四姑觉得男人傻得可以，四姑说，我年年宰猪没见你叹一声气，今儿倒好，一头牛活二十多年老死了倒把你心疼的。

男人站起来恶狠狠瞪了四姑一眼，你懂啥，男人使牛，女人喂猪，谁的东西谁心疼。

女人嘴巴张了一下，一句差点嘣出口的话硬生生缩了回去，男人正在伤心着呢，自己皮痒啊，讨打不是？

青草枯了又黄，四姑过了六十后，日子便没青葱过，咳嗽声一天比一天拖得长，男人不说话，只阴着脸在屋里转进转出。

那天，男人冲四姑说，明天我去观音岩烧香，求菩萨保佑，再宽限段日子，吃了年猪你再上路吧。

四姑喘口气，你要真有那个心，求菩萨保佑我转世投个好胎吧。

投个好胎，男人一愣，做女人不好吗？

不，不好，我想，想下辈子做，做你身边、一、一头牛。四姑断断续续说完这话，头一歪，人便过去了。

男人心往下一掉，眼泪便漫了出来，婆娘也是一头牛呢，任劳任怨服侍自己，咋就不晓得心疼一下呢？粗性子的男人二话没说，抬手就给了自己一嘴巴，手下得很重，整个黑王寨都心疼得抖了一下。

躲　五

大凤在五月初五这天起了个大早，在黑王寨起这么早的孩子不多见，不是黑王寨的孩子有多懒，而是孩子们都在学校里住着读书，不到放假不会回来。

难得端午节成了国家法定假日，但孩子们都还在梦乡里呢。大凤起得早是因为大凤这个星期请了病假，都在家待得发了霉。都是叫那个疥疮给惹的，大凤为这事气得不行，就是得个别的病也行啊。大凤虽说才念小学二年级，可门门功课都占第一的，第一个得疥疮可不是她想要的。

大凤自然就觉得委屈了,她可是最爱干净的孩子呢,都怪学校条件差,那么多孩子挤一屋,不长疥疮才怪呢。

难得在家过个端午,大凤觉得这总算是不幸中的万幸。

割了艾蒿回来,大凤就搬了凳子出来,垫在脚下,探着双手往门楣上插艾蒿,听妈妈说,五月端午这天插的艾蒿以后煮水洗澡,身上可以不痒的。

这疥疮可让她痒得难受呢。

插完艾蒿,大凤就去妈妈床上抽丝线,妈妈床头拴了各种颜色的丝线,据说用处大着呢。比如说今天吧,往年的今天,妈妈会给大凤手腕上系五彩的丝线来躲避妖怪,妈妈嘴里所谓的妖怪,不过是蛇啊,蜈蚣,蝎子,蜘蛛黄蜂等五毒之流,老辈人传下来的习俗,系了五彩丝线,五毒就不敢近身了。所以端午节在黑王寨,又叫躲五,去年端午,大凤是在学校过的,大凤没给系上五彩丝线,结果,巧不巧?大凤就得了疥疮。

大凤今儿就自个来挑丝线了,别看大凤才八岁,可已经晓得爱美了,妈妈老眼昏花,哪次不是挑的黑线白线多,红的黄的紫的才几根,根本没点五彩的意思。

妈妈在厨房里包粽子,大凤就先抽红的,再抽黄的,红配黄喜洋洋。又挑了绿的,最后扳着指头算了算,才象征性挑了两根黑线和白线,妈妈说了的,戴了五彩丝线的孩子,未满十二岁的,心肠好的,可以看见金环五爷呢。

金环五爷,那可是传说中的神仙呢,听说谁要被金环五爷摸了头,能一辈子无病无灾的呢。

大凤就低了头,编五彩线,想象金环五爷的模样。

粽子没包到一半呢,爹从寨下卖了黄鳝回来了,今天是端

午,黄鳝一下寨子就被贩子抢购一空了。

爹很开心,数着票子说,难得大凤在家,我们一起到街上过端午吧。

妈妈说行啊,就怕大凤吹不得风。

爹说,哪那么娇贵啊,是长疥疮,又不是出风疹。

大凤一听去赶集,当然高兴,大凤说行啊,我早就想上街了呢,编完五彩线我们就走。

妈妈笑大凤说,人家街上人不兴戴五彩丝线的。大凤不信,说那他们街上人咋兴过端午呢?

妈妈没话了,娘说你麻利点,我们得赶在太阳出来前下寨子,待会太阳一出来,能热死个人呢。

大凤说行,你们先下去吧,反正摩托车一趟也坐不下三个人。

爹妈想想也是,就换衣服,一迭声催大凤快点快点。日头那会儿已经在往山尖上爬了呢。

爹一溜烟下了寨子,等他又一溜烟爬上寨子时,门口却没了大凤的人影。

去哪了?爹正四处张望着呢,大凤回来了,后边还跟着一个人,是五爷。

大凤手上缠着五彩丝线,五爷手上也缠着五彩丝线,爹说大凤你做啥呢?

大凤晃晃手腕说,请五爷出来躲五啊。

爹生气了,说五爷又不是小孩子,躲什么五?

大凤嘴一嘟,你们平时不都说五爷是老小孩吗?老小孩不也是小孩,不也得躲五啊。

爹就没话了,大凤患疥疮,还是五爷把家里藏了三年的艾蒿拿出来给大凤烧水洗的澡呢，五爷是个老光棍，往年都在他家过端午的。

听说两家祖上同宗呢。

爹就红了脸，说实话，这次下寨子过端午是媳妇的主意，媳妇说过个端午，老搅和一个外人，像啥话呢？尤其今年，五爷得了支气管炎，动不动就咳上一嗓子，很让媳妇不舒服。

爹带了五爷和大凤往寨下骑，太阳这会已经升起来了，老远，妈妈就看见大凤了，在大凤身后，金红的晨雾从云中一层层透下来，落在一个老人的头顶上，车在老人头顶一抖一抖的，闪出一道道光环来。

金环五爷呢。妈妈忍不住叫了一声。

叫完了，妈妈又自言自语说，也就碰上大凤这好心肠的娃儿，金环五爷才肯现身的。

清明带雪

清明带雪，谷雨带霜。

生贵早上起床时，见天色有点晦暗，就回过头冲媳妇天玉说，该不是要下雪了吧。快起来。

天玉是新娶上黑王寨的，揉了揉眼说，都二月尾了，还下雪？说胡话吧你。

胡话？三月还下桃花雪呢，那一年，雪粒将桃花全打落了呢，你是没见过，漫天的白里裹着漫天的红，天地都成水红色了。生

贵把眼望着窗户,窗帘是水红色的,眼下被天一暗,成暗红了,媳妇汪着水红色的脸蛋兴奋起来,真有那景致么,你们黑王寨?

生贵不高兴了,啥叫你们黑王寨,眼下你嫁给我了,就该说我们黑王寨,不然叫爹听见了,多生生分。

瞧瞧,一句话而已,搞得人五人六的,你爹你爹,当我没爹啊。媳妇话没落音,爹的咳嗽声就在堂屋里响起来,爹说,生贵你赶紧点,天要落雪了,下山去买几刀纸。

买纸做啥?媳妇小声嘀咕着问生贵。

这不是清明节要到了吗?生贵边穿衣服边说,买纸做清明吊子上坟用啊。

可我听说上清明前十天不为早,后十天不为迟啊,非得瞅个阴天去买纸?媳妇也想赶集,但她不喜欢阴天去赶集,天阴,心就开朗不起来。

生贵怔了一下,冲外面说,爹,要不改天吧,天落雪时不能上清明的。

要落也只能落雨,书上说过,清明时节雨纷纷。爹说完这句话后咳嗽声像被掐断了似的,一下子没了。

生贵被媳妇又拽回被窝,春困秋乏呢,眼下正好睡回笼觉。媳妇拽生贵时还俏皮地学了一句黑王寨老话,说回笼觉,二房妻,这可是你们男人八百年遇不着的美事。生贵就美美地啃了媳妇一口,笑,你说的啊,二回我找了二房妻你不许生气。

就你那药罐子爹供家里,还二房妻,等下辈子吧。媳妇奚落了一句,两人就缩进被窝里了。

太阳升到半天云时,生贵被尿憋不住了才起的床,四处一看,院子里居然没了爹的身影。

莫不是爹下山赶集去了?生贵往爹房里探了探头,果然爹的黄挎包没了,爹出门喜欢背个黄挎包,这是早年当民办教师时的习惯。

爹的习惯一堆一堆的,都被咳嗽给淹没了,就剩下最后一点之乎者也的书生意气没被淹没,可惜,没人喜欢他这显山露水的之乎者也习气,包括生贵,他唯一的儿子。

爹是正午时分赶回来的,天开了一些,还是有云,爹回来了也不说话,开始裁纸,黄的紫的白的三种颜色,白色居多,爹喜欢自己做清明吊子。生贵皱了皱眉头,说,买一个,又简单又好看,费那工夫值么?

爹慢条斯理地裁着纸,这不是值不值的问题,这是对祖宗的一份心。

生贵撇撇嘴,祖宗远在另一个世界,能看见?

爹不裁纸了,停下手,拿眼剜一下生贵,说祖宗虽远,祭祀不可不诚,你没听说过?

生贵不撇嘴了,他知道再说下去,爹会骂他听妇言,乖骨肉,不是丈夫。

见生贵低下头,爹又专心做他的事,做完吊子,还得包福钱,郑重其事把香和烛都用托盘装了,敬祖宗吗就得有敬的样子。

完了,爹冲生贵努努嘴,说走吧。

生贵冲自己房子里望一眼,说要不要带上她?

爹迟疑了一下,你不是说她有了吗?怀孕的女人是不能磕头敬祖宗的。

这讲究,生贵知道,生贵犹豫了一下,想张口,没张开,就随了爹去北坡崖。

北坡崖上的坟多,像黑王寨多出的一个村落,生贵的爷爷奶奶和娘都埋在崖上面的麦田中,活着是一家人,死了还是一家人,多少有个照应。黑王寨人一向这么以为的。

爹把步子迈得很谨慎,生贵刚大大咧咧把脚伸进麦田,爹忽然火了,爹说,昆虫草木,犹不可伤,亏你还上过高中。

生贵脚趔趄了一下,爹今天说话有点伤人呢,咋的啦?

到了坟前,爹开始把托盘里的东西一份一份分匀,爷爷奶奶那两份,爹不让生贵插手,爹说上辈不管下辈人,爷爷奶奶是我的事,你只把你娘给侍候好了就行。

生贵不会侍候,就看爹。

爹折了一根枝条插坟上,把彩纸剪成的吊子挂上去,有风吹过,纸条哗哗作响,爹跪下来,撑开衣裳挡风,点火纸,烧福钱和香,看一页页火纸化成灰蝴蝶飞上半空,爹就响了鞭,一地红的白的碎纸屑漫上坟头,爹虔诚地跪下磕头,一个,又一个,再一个,很庄重。

完了爹坐在爷爷和奶奶坟中间,慢条斯理点燃一根烟。

生贵问,就这么着?

爹说,不这么着能怎么着?

生贵就过去,给娘上坟,挂清明吊子,响鞭磕头。

磕完了,回头看爹,爷爷奶奶坟头的白纸吊子一张张舞开,把爹的头裹得平平实实的,只见白,那白压得生贵喘不过气来,自打娘过世后,爹明显老了呢。

生贵忽然想和爹说几句话,生贵走过去,挨爹坐下,生贵说,爹你告诉我,清明为啥叫清明,不叫别的节呢?

爹把头上飞过来的白纸条掀开,说,不浊为清,不迷为明,谓之清明。清明是一条纽带呢,老祖宗通过这种方式告诉我们,人活着,最重要的是要不浊不迷,做什么事,祖宗都在另一个世界里看着呢。

生贵不敢抬头望娘的坟了,娘一定望着他呢,他咋那么浊那么迷呢?为哄媳妇开心竟跟爹撒谎说媳妇怀了孕,真的愧对娘于泥土间对自己透出的无处不在的关询啊。

这么一愣神的工夫,雪忽然就落了,很轻很轻的雪花竟把生贵心里砸得很疼很疼。

穷的是命

冷的是风,穷的是命。四爷眼一闭,很响地喝了口茶,头就仰靠椅上了,跟着从牙齿缝里漏出这么一句话来,四海你死了这条心吧。

这是赶客走呢。

四海不死心,四海说,四爷你好歹帮衬我一把。

四爷说,我帮衬你一把,那谁来帮衬我一把?黑王寨想要帮衬的人多了,我就是千手观音也忙不赢啊。

四爷不是千手观音,但在黑王寨,四爷是可以通天的人物,人家女儿女婿在县上做事呢,吃皇粮的人,在黑王寨人眼里就是有通天的路了。

四爷这会儿却没了菩萨心肠,脸一冷,说,任你四海从天上说到地下,这忙我帮不上腔,你趁早自个想心思,别在这儿消磨时间是正经。

四海就知道没戏了,怏怏往外走,人心思一恍惚吧,扑通一下就给门槛绊倒在地上。

四海骂了一句,混蛋的人不高,门槛还怪高的。

四爷听见了,不生气,四爷身子矮了一辈子,门槛到老了高一回也没什么不对。

其实,四爷是个耳朵软的人,之所以对四海下面情,是他想逼一逼四海。

兔子逼着急了会咬人,人逼着急了会发奋,这点四爷有谱,老牛闹圈拱槽不吃草,黄狗对天狂叫咬日头,为的啥?肚里藏着牛黄狗宝呗。四海其实肚子里是个有货的主,问题是,人穷了命才显得苦来。

四海想闹腾点动静出来,四爷不是不知道,但就这么轻而易举帮衬他,只怕四海会看轻这份心。

人,锦上添花容易,雪中送炭却难。

四爷是想四海能把这炭的温暖烙在心里头,那样他的血液才会是滚烫的,成事的激情才能到达一个沸点。

四海其实想做的事其实要不了多大本钱,他是想把北坡崖下那两亩楸梨树给承包下来。

寨子里计划把那两亩楸梨树给砍伐了种板栗,四海却对这些酸得不能上口的楸梨动上了心思。

四海跟四爷这样说的,您说吧,这楸梨它刚下枝头是酸,可过个一秋半冬,逢上年下,酸气从里往外透,解酒着呢。

四爷挤兑他说,解酒也解不到你四海头上啊,你一年到头能闻几次酒?还解,不解都透不了墒的。

四海当时脸就白了一下,有自尊心的人脸才会白呢。四爷眼里一亮,想听四海再怎么说。

四海就说了,这楸梨逢年下到城里大酒店,准能卖个好价钱,您是不知道,这年月,城里人都讲究吃个绿色食品,讲究吃个无污染,萝卜能卖肉价也未必呢。

这话不假,四爷女儿大凤和女婿每次回来,总要她娘弄野菜。连平常寨子里猪都挑食的红苔藤儿子都能吃得满口生津,那楸梨果,他们可没少往县里带。

四海是个有心人呢。四爷心里动了几动,想想,又按下去,他得把四海再逼一逼,让他晓得不管什么钱,来得都不那么容易,就是借也得磕头掉脑髓才能如愿。

四海弄到承包钱时,楸梨树都开了花,钱是四爷托一个远房亲戚借的,四海不清楚。

不清楚也没关系,四海只要清楚这两亩地楸梨属于自己就行,借钱时立了字据的,要是四海不好好侍弄那些楸梨树,四海的三间祖屋就得改姓。

四海不怕祖屋改姓,他怕楸梨改姓,人就索性在北坡崖下搭了一茅草棚住下。

四爷抽空去了一趟北坡崖,见四海在梨花丛中比蝴蝶蜜蜂蹿得还欢,四爷就笑,说四海你快跟楸梨树成亲了吧。

四海阴着脸说,冷的是风,穷的是命。四爷您说过的,像我这样的人也只配和树成个亲。

这话很打人的脸,四海以为四爷会难堪的,偏偏四爷只是笑,笑着从一棵楸梨树下走过,或蹲下身看一看树根,或踮起脚攀一挂树枝。

看着看着,眉头慢慢就皱了起来。

四海没看见,四海只看见满树鸭蛋青的楸梨果在酒店被一双双保养得很好的手掇起来喂进一个个油光满面的嘴里。

叶子枯了黄,四海揣了票子去换字据时,遇到了一点小麻烦。

人家不退房子给他。

四海说,为啥不退我房子?

那人笑,说你见了四爷就晓得了,字据他捏着。

四海就去找四爷,居然,四爷在北坡崖他的楸梨树田里。

四海气鼓鼓地,说,还我房子。

四爷说,房子是你的跑不了,但这楸梨树你得毁了。

眼红了? 四海冷笑,我穷的是命,您冷的哪门子风?

四爷的远亲叹口气,说,四海你有点拎不清呢。

四海疑惑不解了,我怎么拎不清了,是你借钱给我,又不是他,他没那菩萨心肠。

远亲发了话,菩萨也有冷脸的,四爷逼你是让你起心劲呢,那钱你当我造的啊。四爷不笑,说不提钱了,说正经事吧,这楸梨树品种差,挂果少,趁树正当年,嫁接甜白香梨,果汁大不说,还香中带甜带酸,比人参果味不会差。

四海半信半疑地,四爷火了,当你大爷钱多了没地方烧啊。完了一把从身上掏出字据,三两下撕成碎片。

有风吹过,碎片纷纷扬扬飞上空中,像满树的梨花飞舞呢。

四爷的话飘过来,人穷的不是命,是志气,你四海应该有这份志气的,四爷我走不了眼。

换　茬

春酒还没吃完,春分就开始刨园子了。

园子里其实没啥可刨的,除了不包心的白菜就是菠菜,小青菜也有,不过都像纽扣似的扣在地上,春寒刚过,还没来得及舒展叶片。

春分是对那畦老韭菜动上了心思,二贵跟在春分身后,不情不愿地。二贵说,春捂秋冻,园子的菜刚缓过劲儿,还得在土里再捂捂才好。春分白一眼二贵,是你自己想捂酒杯子才对吧,当我不是黑王寨的人?二贵就没话好还嘴了,春捂秋冻是说气候和穿着上的事呢,跟园田无关的。

春分把锹递给二贵,说,你把韭菜给全挖出来,我把根分一分,去掉老根老系,选那壮实的,芽旺的,重新排。

排在黑王寨就是栽的意思,韭菜根小,得一丛一丛排一起,挤着长,那长相才欢实。

二贵还是不想动锹,二贵就扯由头说,小刚来电话了。二贵知道春分最惦记小刚,年前一听说他打工不回来过年,连腊货都少备了一半。

春分这回却没把宝贝儿子的电话当宝,只淡淡嗯了一声,来就来了呗。哪天他不来一回电话?二贵只好怏怏下了锹,气不顺使劲就大,一锹翻起一大丛韭菜根来,春分弯下腰,拎起那丛韭菜,用铲子敲散土,把韭菜一根一根理开,拣那根壮出了芽的用剪刀去了根须,往一边放,准备待会排。二贵撇下嘴说,这不是脱裤子放屁吗,好端端的长土里,非得挖出来再排进去,当是移栽油菜,能增产啊。

春分不吭气,她知道二贵有情绪,男人的德行得顺了毛摸,吵烦了他一甩手去别人家喝春酒也不是做不出来。

二贵见春分不上当,只好嘟哝说,小刚说,去年形势就不怎么好,那个厂今年怕待不下去了。

春分说是吗？换个厂也好，新环境才有新机遇。完了春分慢条斯理的，不看二贵，看韭菜，看一根一根去了须，整整齐齐码在地上的韭菜。

二贵说，你当是金银草，看不够啊，儿子要换厂也不见你有这么上心。

春分就笑，说地不换茬不长，人不挪窝不旺，儿子想换新环境跟这看韭菜地换茬不也一样吗？一茬一茬剪得齐齐整整的韭菜根带着芽就在两人你一句我一句的闲话中重新排进了土。

排韭菜芽时，小刚的电话又来了，这次是打给春分的，小刚说，娘，我联系了个新厂。

春分说，好啊。

小刚说，新厂离市区远，我不想在厂里住，条件差。

春分冷了口气说，那你回来住吧，家里条件不差，有爹有娘侍候着。小刚就没了声音，主动挂了电话，小刚听出娘是话里有话。二贵说你咋这样跟孩子说话呢？春分说，出门在外就要吃得苦，不然啥能耐也不会长。

二贵还要说话，春分说，你忘了去年那畦萝卜啊。二贵就想起来了，去年入秋时，二贵把一车鸡粪全肥进那畦萝卜地里，结果腊月里，那萝卜全烧得空了心。

莫非你也想儿子出去几年成个空心萝卜回来啊。春分又白了一眼二贵，二贵就悻悻地闭了嘴。

反正是春酒没得吃了，二贵干脆一甩外套，做就做个够，顺手把那行葱也给分了吧。二贵知道分葱眼下还早了点，故意拿话挤兑春分。

哪知春分一拍手，说我正想说呢，这几天我听了天气预报，说一周内温度回升，分葱正是时候呢。

二贵懊恼地拍了一下自己脑门,咋睁着眼往枪口上撞呢,好在分葱比排韭菜简单,一窝葱可以分好几窝的,三根一排,上面葱叶剪掉一半就行。二贵不是懒人,一旦干顺了手,就觉得眼里的活都该干,当春分还在排葱时,二贵已抽空回了趟家。春分以为二贵口渴了回去喝茶,没曾想二贵却从屋里拎了水桶和瓢来,他是给韭菜浇定根水呢。

才开春,地里虽说有墒,但墒不大。

二贵三两瓢就把韭菜地给浇了,跟着又气喘吁吁拎了桶要浇刚分好的葱。

春分手一伸,别添乱,这葱不能浇的。

二贵很奇怪,说,咋啦,韭菜能浇,葱不能浇?

春分说,那韭菜是老根,水分少,老根扎进新土,得定根,让芽吸收水分往上长,这葱就不一样。

这葱就不一样啊?二贵没想到,种个菜还那么多学问。

葱白里水分多,你就是挖起来放一边剪掉叶,过三五天它也会从里面长出新叶的。春分说。二贵一想也是的,放久了的蒜啊葱啊还真是这么回事,能从里面长出新叶。

还有一宗你不晓得,春分停了一下又说,这刚分的葱得等上面的叶给太阳晒破叶管,新叶才能钻出来,有时候,环境恶劣点也未必是坏事。

万物有万物的活法呢。二贵感叹说。

所以啊。春分意味深长看一眼二贵,我先前才会那样口气给小刚说话。

二贵放下水桶,憨憨地笑,说,我咋就没想到刚才你是给小刚在换茬呢。

你啊,吃春酒吃昏了头,只晓得换酒的茬,哪记得换人的茬。

春分说完扛起锹，大步跨过那畦菜地，一阵风吹过，新排的韭菜和葱苗舒伸开来，一片新绿呢。在二贵眼前。

路　多

哑巴话多，瘸子路多。

这话是黑王寨人的发明，眼下老三就瘸着腿一拐一拐地走在路上。

四姑婆见了，打招呼说，老三你出门啊。

嗯，出门。瘸子老三回答得很欢。

欢个啥呢？四姑婆寻思上了。

黑王寨有四大欢，出笼的鸟，漏网的鱼，十八姑娘去赶集，脱了缰的小毛驴。四姑婆寻思的结果是这四欢里一欢都挨不上瘸子老三的边。

瘸子却是欢实的，他一拐一拐地把个路上都踢踏出灰尘来了。

瘸子老三是出去找活的。这话搁别人身上，有人信。搁瘸子身上，摇头的多。眼下，全胳膊全腿的都难找一份轻省活，何况你个瘸子？

瘸子是打小带的残疾，重活做不了，才有机会在寨下河边电站里管了几年自发的电，磨点米啊面的糊口。

随着农村电网的改革，那个小型发电站早废弃不用了，瘸子老三当时在电站流了好几场泪才交的钥匙，怎么说发电站也是公家的东西。

废弃归废弃,瘸子老三也没强占的理由,这一点上瘸子老三明白,他人瘸心不瘸。

下寨时,瘸子老三碰见了大老吴。

大老吴问他,做什么去啊,这么早下寨子?

找活呗。瘸子笑了笑,回大老吴。

大老吴就放下背后捡破烂的袋子,围着瘸子老三上下打量,一脸紧张地说,捡破烂这活,你可做不来,一天得跑多少路啊,你那腿,能行?

话不用往下说了,大老吴的意思瘸子老三能知道。

瘸子老三就点一下头,说,放心,我不会抢你生意的。

只要不抢自己的生意,大老吴就没关心的意思了,撒开脚丫子走了。其实,收破烂,是个不差的活呢,那不就有个电视剧叫《破烂王》来着吗?

瘸子老三是去抢女人活的。

黑王寨有句古话,黄牛撒尿滴打滴,女人干活没得吃。瘸子老三要抢的这活,就是可以让女人既干了活又能舒了心的吃的那种活。

说话间,瘸子老三就到了集上。

集不大,最多的铺面一不是服装,二不是百货,三不是酒楼,而是茶馆。说白了,就是麻将馆,多是带了娃的女人。

男人出外打工,挣了钱,衣服首饰吃的用的都从大城市大包小包往回寄,女人要带娃丢不了手,田地里活又让机器给做了,日子就空出一大截来。

女人是空不得的,于是就聚到茶馆来,搓几圈麻将,聊一段家常,日子才能一点点熬过去,茶馆还管一顿中饭,多省心。

唯一不省心的，便是娃了。

小点的，含着奶头吃了睡，睡了吃，不用换尿片，都学城里娃，用尿不湿。不省心的，是那满了周岁以上的，学会爬了，走了，跑了，娘的身边就呆不住了，能待住的也不闲住，往往手一伸，就把娘面前的麻将给推翻，露出底牌来。

有那不耐烦的，啪，一巴掌甩在娃的屁股上，得，喇叭开始响了，一屋人都不得安宁。

要有个人带带就行了。有人这么感慨，瘸子老三就在这感慨声进了门。先递一张笑脸，再递一串话，我来带咋样？

手还没伸到娃的跟前呢，做娘的已经一脸警惕把娃抢在怀里。

你带？哪里的？这年月拐卖小孩的事多着呢。

我，黑王寨的，瘸子老三啊。像给自己证明似的，老三亮出了那条瘸腿。

一个瘸子，跑也跑不了多远的。就有人打圆场，带是可以，给不了几个钱的。

三元五地看着给吧，我主要是打发个时间，这里，比我们寨上热闹。

有认识的就打圆场说，瘸子是个热闹人呢。

于是，就有娃递到了瘸子手上。瘸子带娃，娃开心，为啥？瘸子仁义啊，下了心思哄娃，娃能不开心？往往就见瘸子领了三五个娃在街上蹒跚地走过。

日子久了，居然成了一道风景。

瘸子就这么着把个日子慢慢往前淌，一日里也有进余，有了瘸子分忧，茶馆也开心，额外管他一顿饭吃。

每日里，瘸子和大老吴一同下寨子，晚上再一同回寨子，上下班似的。

四姑婆纳了闷,说,瘸子你真找着活了?

找着了。瘸子老三笑,承蒙人家关照,日子有得过。

四姑婆也笑,哑巴话多,瘸子路多,这老话还真的没说错。

瘸子这会不笑了,瘸子说,路不在多,在于走,能走的,总归是条路吧。

大老吴擦把汗,望一眼瘸子的腿,这腿还别说,走过的路不比他大老吴少呢。

话　多

人老话多。

瘸子老三原本不是个多话的人,况且他也才五十出头。五十出头的人在黑王寨,是算不上老的。

但大老吴发现,瘸子老三近一段日子,话明显多了起来。近一段日子是什么日子呢？当然是瘸子老三在集上麻将铺里找到给人带孩子的日子。

那些嫂子媳妇们,因有了瘸子老三给照看孩子,打麻将就心无旁骛起来。麻将一打专业,价码就高了起来,有时候糊上一个金顶,又赶瘸子老三在一旁把个娃儿哄得眉开眼笑的,赢家一高兴,就会给瘸子老三提上个十元二十元的成,有点以资鼓励的意思。

瘸子老三往往会对这笔意外之财讪讪地，有无功不受禄的

不安。

钱却不能不接,麻将场上有讲究,不接,赢家下一盘准开不了糊。

只好接了,把个心思全用在孩子上,用大老吴骂瘌子老三的话说,比对自个孙子还上心。

这话,没夸张的成分,瘌子老三心里还惴惴不安的,自个孙子,再上心也没人给一分工钱的,还得倒过来吃他这个当爹爹的。

孙子吃爹爹的,在黑王寨,那是名分,该吃的,可以吃得理直气壮的。

瘌子老三对大老吴的骂,一点也不计较,两人天天一同上下寨子,好歹是个话伴呢。

以前都是大老吴讲,瘌子老三听,虽说是哑巴话多,瘌子路多,但也只是虽说。大老吴捡破烂属于踏百家门的人,肚子里新鲜事就多,多了自然得一点一点往外掏,才不至于把心里填得满满的。

在这种情况下,瘌子老三只有洗耳恭听的份了。

洗了没几回,耳朵却是听出了茧,大老吴的故事能有多少呢?麻将铺是啥地方啊,三教九流聚散地,那故事跟大老吴的一比,就上桌面多了。

瘌子老三那天得了一个五十元的金顶奖励,就有点兴奋,一个五十多岁的人,是难得兴奋一回的。

瘌子老三就把那张票子抽出来,对着即将下山的夕阳晃了晃,以验真伪。

大老吴被那张五十元的票面障了一下眼,不无妒意地说,又提上金顶了?

瘌子老三笑笑,假装很不在意的样子,十年难逢金满斗呢。

也是的,麻将铺难得有出手这么大方的婆娘,大老吴就来了兴趣,追问瘌子老三,谁给的?

贵珍。刚从海南回来的贵珍。瘌子老三咂巴一下嘴说。

刚从海南回来就给你那么多钱,你给她带孩子了?大老吴瞪圆了眼。

她孩子,还在肚子里呢。瘌子老三说的是实话,贵珍是回来生孩子的。

没见她男人跟着?大老吴又问。

这个倒没见着。瘌子老三实话实说。

会不会是没爹的主?大老吴一下子展开想象来,也是的,在黑王寨这方圆数十里,哪家媳妇怀了毛毛都是男人手跟手脚跟脚地侍候着,贵珍咋身边就没个男人呢?

你的意思是,这钱,不干净?瘌子老三手上烫了一下。

干不干净,拿话试一下就明白了啊。大老吴撇一下嘴。

瘌子老三没撇嘴,那张五十元面额的票子压得他眼前发绿。

第二天,一直不常在麻将桌边多嘴的瘌子老三哄着两三个孩子在铺里绕来绕去,绕到贵珍身后就不挪窝了。

有人打趣说,瘌子昨天得了贵珍的好,今儿还想揩贵珍的油啊。

瘌子看一眼贵珍,慢条斯理地说,贵珍这油,可不是人人都能揩的。

贵珍是个大大咧咧的人,说那当然了,有价的,阿猫也揩阿狗也揩,我不是自降身价么?

瘌子老三别有用心试探说,要说这自降身价,不是我说你啊,贵珍,这要生孩子了,男人不在身边才真正是自降身价的。

贵珍忽然不摸麻将子了,抬起头,盯住瘸子老三说,你人瘸话倒不瘸呢,我男人在不在身边关你啥事。只要老娘愿意,遍地都是我男人,行不?

瘸子老三脸一下子涨得通红,我不是那个意思,我只是关心关心你。

关心,想关心我的人多了去,轮到你一个瘸子了?贵珍拿眼斜一下手中的牌,冷不丁大叫一声,糊了,金顶。

瘸子老三一听金顶两个字,习惯性伸出两根指头,往常这时候,不论谁和了牌都会喜气洋洋把个头昂起来四处巡视一下大喊两声,瘸子,提金顶。而瘸子老三一般也很配合地半躬着腰在人家一副皇恩浩荡的样子中接过那张薄薄的钞票。

不过这一回,瘸子老三伸出的两根指头却夹了个空,贵珍旁边的人刚喊了一声瘸子,提金顶。却被贵珍冷冷地打断了,是你和了牌,还是我和了牌?还没老吧,话这么多。

当然是贵珍糊的牌,瘸子老三眼睁睁看着那张钞票在灯光中掸了一下,钻进了贵珍孕妇裙前面的口袋里。

那孕妇裙的样式有些老旧了,老旧得连一张钞票钻进了都懒得发出半点声响来。

根　多

树老根多。

这话用在瘸子老三身上却不合适,要说瘸子老三在集上麻将铺给人看孩子也看了有些日子，盘根错节地跟那些嫂子媳妇或多或少也攀了点交情，不然，谁平白无故糊了金顶给他提成啊。偏偏，这一回，因多了一句嘴，根基深的瘸子老三让根基浅的贵珍给杵了个下不了台。那天回寨子，瘸子老三把个脚步就迈得很不得劲。大老吴打趣说，哟，瘸子的腿叫人绊住了啊。

瘸子老三懒得理大老吴的，心里还在揣摩贵珍骂自己的话，啥叫人瘸话不瘸？啥叫想关心我的人多了去？轮得到你一个瘸子。瘸子就不是人了啊。

大老吴凑上一步，神神叨叨地，咋了，被贵珍迷住了？

去去去，瘸子老三火了，那种根基浅的女人，值得么？

哪种女人？大老吴一下子来了精神，人家根基怎么浅了，莫非她真是那种不干净的女人？黑王寨这一塌方喜欢把路数不正的女人比作根基浅。

瘸子老三没好气了，干净不干净你去关个心不就知道了。

大老吴一点也不生气，说，我倒是想关心，可没你在麻将铺的根基深啊。

这话是实话，大老吴早先捡破烂，也曾往麻将铺里钻过几回，可都被人赶回来了。一来吗，是大老吴嘴碎，二来吗，是大老吴不识趣。比方说，花嫂抓上一张好牌，糊了，大老吴立马表功说，你看，我说吗，先前那张牌留不得，这不，糊了。搞得人家和牌的军功章里一不小心有了他的一半。

旁边嫂子媳妇便打趣，说，难怪花嫂能赢牌，是背上站了人。这话有损人成分，在黑王寨方圆百里，只有脚猪和母猪交配才站在背上的。

你说，花嫂能不讨厌他吗？但讨厌也不好明说，心里就气不顺，牌随人走，气不顺则牌不顺，得，花嫂一个恍惚，点了别人的炮。

嫂子媳妇们又打趣,难怪花嫂会输,原来背后站了一头猪。大老吴再苕,也晓得别人嫌他了,愤愤地出门,再不往麻将铺走半步。不识趣归不识趣,大老吴不至于把自己当头猪。

瘸子老三是识趣的人,要按大老吴的意思,这个钱打死也不能挣了,伤自尊呢。但瘸子老三第二天还是去了麻将铺,怎么说,他也不是为贵珍看孩子,做人,瘸归瘸,责任心却不能打半点折,人家嫂子媳妇指望着的。

瘸子老三去得早,他寻思了的,怀毛毛的女人都贪睡,自己早上一脚,可以把孩子引出去玩,不碍贵珍的眼就行。金顶不金顶的,那是外财,人,不能为一点外财而矮上三分不是。

意外的是,应了那句古话,莫道君行早,更有早行人。瘸子老三赶到麻将铺时,已经有人挺着大肚子在那儿转悠了。

是贵珍。

叫人不舍本,只要舌头打个滚。瘸子头皮麻了一下,还是上去打了招呼,说,贵珍你早。

贵珍怔了一下,挤出一丝笑来,说,早起鸟儿有虫吃,不早不行啊。

瘸子老三想了想斟酌了又斟酌说,你怀毛毛,不该起那么早的。

贵珍脸红了一下,不早,指望谁侍候啊。

瘸子老三嗫嚅一下嘴,说,你,你男人呢?

贵珍一刹那变了脸,牙一咬说,死了。

瘸子老三头一下子低下来,拿脚在地上划了几圈喃喃说,不好意思,当我嘴贱,啥也没问。完了转身就要走人。

贵珍忽然一把拽住他,说,你能帮我一个忙么?

我,一个瘸子,能帮你个啥?瘸子老三缩回手。

贵珍把个脑袋四处转了一下,说,很简单的,我这不是快生了吗,医生让我每星期到城里检查一回,看胎位正不正。

我,县城没熟人啊。瘸子老三很为难地一摊双手。

不是要你找熟人,我只让你陪我做个伴。贵珍解释说。

做个伴,你找我?瘸子老三懵了。

是的,手跟手脚跟脚的那种伴。贵珍说,你不知道,每次我一人去检查,总是让别人眼光议论着。那滋味,难受。

可跟着我这么一个瘸子,别人眼光会更议论的。瘸子老三拍了拍自己的瘸腿。

你错了,树老根多,有你这样的人伴着,没人说闲话的,别人羡慕还来不及呢。贵珍说,在海南,都是男人带孩子做家务的。

你的意思,以后你的毛毛也请我带?瘸子老三听出话头来。

是的,我看你在麻将铺把别人孩子带得很顺手的,算是有根基了。贵珍笑一笑说。

瘸子老三不笑,抬起头冲贵珍说,那你给我交个实底,你男人咋个死的?不明不白的孩子我不带。

贵珍忽然就呵呵大笑起来,说,我男人好好的呢。

好好地干么不陪你回来生孩子?瘸子老三愤怒了,在我们黑王寨,猫儿狗儿都晓得护儿的。

谁说不是啊?贵珍眼里忽然就有了泪,可他是医生啊,玉树,不是地震么,参加救人去了。

瘸子老三脸色一下子白了,那你干吗说他死了,害我又多话。

贵珍叹口气,你说他这不是死人一个么?死脑筋的一个人呢。

瘸子老三冷不丁甩一下自个嘴巴,死脑筋的人是我呢。咋就没想到这一层,玉树再远,跟我们也连着根的,手跟手脚跟脚的连着呢。

那是的,根多着呢。贵珍捧着肚子说,我今儿就上县城检查呢,你能给我个准信吗,就这当儿。

瘸子老三把脚一甩,我虽说瘸点,手跟手脚跟脚的还行。

善　相

通风么?

通风。

向阳么?

向阳。

依山么?

依山。

傍水么?

傍水。

那,行了。中贵自打回到黑王寨后就一直哭,哭得又不成腔,任四姑婆这么通神的人都没听出他在哭些什么。反正一个劲地哭,有时又突然跳起来,在门口张望一阵,完了想起什么似的,捶一下脑袋,继续哭。

直到德方进了门,他才问出了这么十五个字,惜字如金了都。以前中贵可不,黑王寨谁不知道中贵是个话特别多的老头子啊。

多得要用剪子才能剪得断头，用铡刀才能铡得掉根，这话，是他儿子说的。

但眼下，中贵儿子一句话也说不了啦，他就静静躺在外面一个陶罐里，连家门也不能进。

黑王寨的规矩，死在外面的人，是不能归中堂的，至于死在外面的年轻人，别说中堂了，连家门口都不能停，只能停在屋场边上。

眼下，德方就站在屋场边上跟中贵说事，自然是坟场的事，德方是专看阴阳的风水先生。

德方就又补充了一遍，那地方不光通风向阳依山傍水，最主要的，那地方相善。

相善是德方的专业术词，在德方看来，山也好水也罢，哪怕是一个坡半个岭的，都有相。

有龙相虎相鸡相狗相牛相马相，总之，什么相旁人一般看不出个所以然，但经德方一比画，一指点，再一引导，得，那相就显山露水浮出云端了。

中贵的婆娘水秀这会抹了泪插嘴说，相善点好，我娃老实了一辈子，死了要再弄个凶相的山头压住，不是让娃连个好胎都投不上吗？

会投好胎的，那地方，相不是一般的善，黑王寨下的牛角冲，你晓得么？

晓得。水秀点头。

你娃的场，我就选牛角冲了。德方眯上眼手搭凉棚，使劲往牛角冲那望，边望边比画，牛角冲那儿不就一个半坡么，那是牛肚子呢，让你娃卧牛肚子上，多瓷实。

牛温顺，黑王寨人吃的是牛这碗饭呢。

也就是说，德方真的费了心思的，早先德方曾扬言说，自己死后找个牛肚子靠靠就心满意足了。

眼下，牛肚子找着了，却送给了中贵的娃。

中贵没理由不感激得涕泪横流的。

德方硬下心肠，冲中贵说，棺木呢，备了没？

中贵说，用我的。

德方说，那不行，你娃是凶死，不能用黑棺，得用白棺。

中贵怔了一下，说，我娃是凶死不假，可我娃人善啊。

德方说这我知道。

那就不能通融通融一下。中贵双腿一软，要往下跪。

德方一把搀起中贵，这是规矩呢，破不得的。德方说的是实话，凶死的未成年人用了黑棺，有灾星，不定会折到谁的身上。

德方冷了脸，说你非得这样做，我也没法子，这样吧，你给帮忙的人一人买双红手套，一人一条红毛巾，一人一双红胶鞋，红能避邪，这点黑王寨人都晓得，不然没人敢抬棺木的。

只要上下三红了，邪气才浸不了身。

中贵这会别说三红了，十红他也办。儿子在矿上丢了命，赔他的养老钱已经没了意义。养儿才能防老呢，没了娃儿，堆上天的钱又有什么用呢？

最后一次为儿子花钱，中贵舍得。

四姑婆是出殡时过来的，过来了就吓一跳，那部上了漆的黑棺木扎扎实实刺了她的眼。

四姑婆就急惶惶地喊，德方，德方呢？

德方正弄茶花米呢，路上喊龙神要用的，德方就仰了头，说，啥事啊？

四姑婆小了声音凑上去指一指黑棺说,你咋这么糊涂呢?

德方抬一下眼说,搭了红的。

搭了红就保险了,万一折到哪个人身上,你担得起责任啊。

不会的,我有准备。德方说完,又去弄他的茶花米。

四姑婆受了冷遇,忍不住骂了一句,孤老的心就是狠。满以为德方要黑了脸反击的,没想到一向面孔阴森的德方居然没听见似的,只管专心致志弄他的茶花米。

喊龙时,四姑婆冲抬棺的八大金刚叮嘱了又叮嘱,手套要戴好,毛巾要系牢,红胶鞋要穿紧,总之这三红不能离身,否则,灾星就会折谁头上,四姑婆怎么说也是通神之人呢。

叮嘱完这,四姑婆瞅都没瞅德方一眼直接进了屋,她得盯住水秀,水秀心眼窄,没准做出什么不宽心的事来。

进屋时,四姑婆在德方刚才弄茶花米的方便袋里被一团红红的东西弄得心里一怔,抖开一看,乖乖,谁的红毛巾,红手套和红胶鞋纹丝没动呢。

四姑婆慌了神,蹿出门外就冲出殡的队伍张望,八个红金刚正护了棺木稳步上了路。棺木前领路的德方呢,居然没搭半点红。

他这是把灾星往自己身上引呢。四姑婆忍不住抹泪骂了一句,死德方,脸嘴恶,相倒善呢。

动　虫

惊蛰那天,气温骤然下降到了3度,这在黑王寨有点反常。为什么说有点呢,本来在黑王寨,三月间下桃花雪也不是没有过,但那是好几年前的事了啊。

眼下,不是全球气候变暖了吗?头几天大老吴见温度升到了二十多度,而且还水银柱般一连几天往高处蹿,大老吴就勤快了一把,在惊蛰头一天,把棉衣夹袄毛衣什么的全翻出来洗了个一整天。

清衣服那会,在寨下河边。正碰上陈六从集上回来,陈六咂了咂嘴说,可惜了,可惜。

大老吴不知道村主任陈六嘴里的可惜是啥意思,大老吴就停了清衣服,眨巴着眼问,啥可惜了?啥?

陈六指一指他清衣服的那汪黑水,一本正经地说,混蛋的大老吴,这水可以肥半亩田的,你白白糟蹋了。陈六是笑大老吴邋遢呢。

大老吴这才晓得陈六在和自己开玩笑,大老吴也就顺嘴溜了一句,那我得让大老史请客。

大老史请你客?这回轮到陈六眨巴眼了。

大老吴一本正经,这么肥的水,白白养他家的鱼啊?

陈六这才想起来,这河是被大老史承包了养鱼的,陈六说,混蛋的大老吴,平日里三棍子打不出一个屁来,这会嘴倒比屁快。陈六这话有出处,每年年底领低保时大老吴连个谢字都懒得说的。

大老吴就笑,那要看什么日子了。

这黑王寨在你大老吴眼里还没日子?陈六是真迷糊了。

大老吴不迷糊,认认真真地说,明天就惊蛰了啊。

年年都要惊蛰的,关你什么事?陈六的意思是你大老吴地不种一分,捡破烂过日子,关心这些节气做什么事呢?

大老吴瞪大了眼,怎么个不关我事,惊蛰了,虫都晓得从土里钻进来,我一个大活人不想多说几句话啊。不信,你看,河水都浑了呢。

陈六不看河水,陈六看大老吴。看了前面看后面,看了头上看脚下,看得大老吴的喘气声渐渐粗了起来,一脸心虚的表情。

混蛋的,又有女人寻上门来?陈六掏出一根烟塞给大老吴,说,我看水再浑也没你心浑呢。

大老吴就挠了头笑,很不好意思地笑。

大老吴有过女人,但不是呆就是傻,还有疯的。这一回,大老吴说,主任我保证,女人全胳膊全腿不说,心事也全。

陈六给自己也点燃一根烟,说,女人全不全不是我操心的,我只操心你别缺了啥。

我能缺啥?不就缺个女人吗?大老吴说,这是明摆着的事啊。

陈六不发话,冲大老吴摆摆手,走了。陈六一向忙,能耽搁这么久已经很难得了。

混蛋的,今儿动虫呢,温度咋这么低?第二天大清早,大老吴从被窝里爬出来看天,老指望听几声虫子叫的,偏偏寒气直往身上裹。大老吴心说,糟了,这虫子叫不叫倒在其次,自个厚一点的衣服全洗了,还未干呢,怎么动身迎客啊?虽说是二八月乱穿衣,

可再乱也得有个章法啊。

陈六屋里这会就剩一件干净的盖面衣裳了，那衣裳是一件衬衣，大老吴就苦了脸，在屋里转圈。转也转不出个所以然来，他知道，黑王寨人除了陈六，没人会往他这儿来，孤家寡人的，人家嫌晦气，大老吴也自觉，轻易不登别家的门。

但这一次，大老吴决定不轻易一回，去找别人求件衣服，最好是求陈六。陈六咋昨儿见到了他洗衣服的，求别人，别人会以为他是强讨人家衣服穿的。

抱着膀子在屋里跑了几步，身上热了几分，大老吴正要去开门，咚咚，有人捶门来了。

谁啊？大老吴问。

我，陈六。门外人大着嗓门说，混蛋的大老吴，今日不是动虫吗，你还钻土里不出来？

大老吴就缩着膀子去开门。

陈六把一件棉袄，一件毛衣塞到他手上，说，快穿上跟我去一趟。

去，去哪儿？大老吴一怔。

去我家啊，挑两套合身的衣服回来。陈六说，你当我裁缝啊，看你一眼就能量体裁衣？我估摸着随便拎的，一会儿客人来了，你穿得总要周正一点吧。

有一套就行了。大老吴吸溜一下鼻涕说。

你知道个屁，这惊蛰不动虫，冷到五月中。我听天气预报了，半个月的雨夹雪呢。陈六笑骂道。你准备把老子的衣服也穿了能肥半亩田啊。

大老吴挨了骂，不恼，反而傻呵呵地笑。

陈六也笑，咋了，生一副贱虫的命，骂几句还很开心啊。

大老吴心里有个虫在爬一样,一下子爬到了泪腺上,一下子又爬到了喉咙里,大老吴哽咽着一把鼻涕一把泪地说,是啊,虫要能有我这么贱的命,惊蛰就是再冷,它也会动的。

断　流

据老辈人说,黑王寨的水没流出山时是黑的,怎么个黑法,没人描述得清楚,因为谁也不晓得,那个所谓的老辈人究竟是老了多少辈的人。

这据说就有点不靠谱了,不过大老史信这个据说,他曾顺着河边往上清过源头,水是从山寨脚下一个大石岩的黑王潭下涌出来的,也许在暗处待久了,刚翻出潭时那水还真是墨黑得叫人怕。

大老史不怕,再黑的水终归是水,比起人的心来要纯粹得多,人的心黑起来,水都可以断流的。

大老史的爹曾经当过土匪,这不稀奇,没解放那阵子附近村村寨寨的人,谁没当过几天土匪啊,都是叫苦子逼的呗。

大老史的爹,这土匪当得比较冤,他爹是寨上最出名的猎户,枪法好。

土匪逼他入伙时,有过承诺,只要他负责打人家寨楼上的灯笼,杀人越货的事与他不相干。

他爹只得去了,不然,他老婆就保不住,大老史的娘是方圆百里的美女,能在那个时代不被人欺负,一方面与他爹的枪法有关,另一方面,与土匪的这点瓜葛有关。

　　满以为,日子可以安安稳稳地过,偏偏,大老史的娘自己红杏出了墙,居然是跟一个磨豆腐的人好上了,大老史的娘爱吃水豆腐,大老史的爹每打中猎物便让她自己拎到豆腐坊里换,换的次数多了,二人免不了眉来眼去的,先是大老史的娘吃人家水豆腐,后来就是人家吃大老史娘的水豆腐了。

　　大老史的爹终于有一天把豆腐郎用枪逼在了山脚下的黑王河边,豆腐郎正淘了黄豆要往寨子走,一抬头,一杆枪顶在额头了。

　　大老史的爹从嘴里砸出两个字,跪下。

　　他满以为豆腐郎的双腿比豆腐还软就瘫下去的,偏偏,那豆腐郎居然看都不看他,把豆子上了肩。

　　大老史的爹咬了咬牙,信不信我先敲瞎你的灯盏。灯盏指人的眼睛,这是土匪的黑话,豆腐郎皱了一下眉,淡淡弹出一句话,咋啦,真把自己当土匪了?

　　大老史的爹一怔,枪口垂下来,豆腐郎歪了歪头说,没哪个女人愿意跟土匪做媳妇的,担惊受怕一辈子呢。不信你回去问问。

　　大老史的爹就真问了,大老史的娘说,你放了我们娘儿俩吧,没准能为自己留下个后。那时候大老史已经两岁了。

　　大老史的爹到底是沾了匪气的人,给了女人两枪托后,一撇身进了山。

　　大老史就随女人跟了豆腐郎。

　　新中国成立后,大老史的爹果然挨了枪子,大老史那时已是豆腐郎的儿子了。

　　人言到底是可畏的,大老史知道了自己的身世后,有事没事就玩枪。

娘劝大老史,玩啥不好,玩枪,玩枪是怀抱一只虎呢。

大老史就顶一句,虎毒还不食子呢,没见过逼自己儿子喊仇人爹的。

这话叫豆腐郎听了,豆腐郎摇摇头,叹气说,想为你爹报仇是吧?你动手吧,我不怨你。

大老史那会刚满了十五,大老史说,你养了我,我杀你就畜生不如了,这样吧,你生个儿子,我和他算账。

豆腐郎却没生下一男半女来,大老史时常在大石潭边想,混蛋的豆腐郎,黑心着呢,想要让老子一辈子报不了仇啊,黑王寨的老话,有仇不报枉为人呢。

豆腐郎依然四平八稳地过日子。

四平八稳得让大老史心里发起狠来。

大老史心说哪一天黑王寨的水断了流,看你还四平八稳么?没了水,你做什么豆腐,没了水豆腐,你用什么兑现自己的承诺。

大老史听别人说过,当初爹同意娘跟豆腐郎走时还订了一条,他得保证让娘不管乱世还是升平都有一碗水豆腐,娘天生就是为豆腐活的呢。

豆腐郎是那种一诺千金的男人,没这点娘是看不上他的。

对,让黑王寨的水断流。

大老史想起那个传说来,只要谁能一枪击中黑王潭下的蛟眼,那潭就成了死潭,潭一死,黑王寨的河水不得断流么?

大老史就开始每天晚上带了猎枪去守候,黑王潭下所谓的蛟龙就是寨里人口中的蟒蛇,蟒的眼在夜晚应该会闪光的,这点黑王寨的人确信不疑。

娘阻拦不了大老史,只有每日以泪洗面,豆腐郎每日端来的

水豆腐每天都原样端了出去,豆腐郎的眼神开始不四平八稳了。

黑王潭那样凶险的地方,一杆枪是对付不了一条大蟒蛇的。

大老史的牛劲上来了比他爹有过之无不及。

三月三的晚上,终于,让大老史捕捉到对面黑王潭边的石岩上有两点亮光自上而下慢慢游弋着。

啪。一声枪响,亮光应声而灭。

大老史听见黑王潭水咕咚一声响,便乐不可支往家里赶,一回家,娘正给他爹上香呢。

大老史上气不接下气蹿进去,磕了三个头说,爹,我给你报仇了,马上黑王寨的水就要断流了。

断流?他娘一怔。

是啊,我把黑王潭的蛟眼给灭了,大老史很得意地冲娘一抖枪口,娘忽然就变了脸色,站起身子往外冲。

就在晚饭前,豆腐郎拎了两只手电出了门,冲她说,好歹今儿是鬼上山的日子,让大老史满上一回心吧。

能让大老史满心的事,自然是让黑王河的水断流,蛟眼一下子让娘想起了那两只电筒。

娘没能找着豆腐郎,大老史的双膝一软,水豆腐一样瘫了下来,娘的两眼倒是涨得泪腺红肿,可就是断了流样,一滴泪也淌不下来。

小　满

　　紧赶慢赶，小满还是晚了一脚，等她送了孩子上学回来，露水已经像刚上花轿的新娘子，瞅个空掀了掀盖头向轿帘外探了探又缩回去了。

　　看见小满拎了个空蛇皮袋子在门口犹豫，从北坡崖上揪了带露水棉桃的寨里女人就笑着打趣，咋了，梁桃，等野男人来帮忙啊。

　　小满嘴也不饶人，野男人不是帮你揪了露水桃么？

　　然后大家就一齐笑，眼下的黑王寨，想看个野男人还真难，家家男人都出门寻钱去了，剩在寨里的男人，全是歪瓜裂枣。这样的男人，小满能拿睛角挑他一下就是长他的脸，小满是谁啊？寨子里的天鹅呢。

　　天鹅小满就咬了咬唇，把两个空袋子往胳肢窝下一夹，噔噔噔上了北坡崖，崖上的棉花桃已经炸开好几天了，有的都往下吊絮子了，吊得梁桃心里七上八下的，要不是有孩子上学缠住脚步，小满三早上两黄昏就可以把棉桃揪了回家，中午晚上躲在树荫下摘棉花。

　　可眼下，没了露水揪桃就不行了，一是桃夹扎手，二是棉花上容易粘上枯叶，三是最主要的，一不小心就揪断了棉枝，小满心疼庄稼呢。

　　没办法，只有顶着太阳在北坡崖上摘棉花了，小满不怕太阳

晒,小满只是觉得吧,一个人在山上,连个说话的人也没有,像个哑巴。

人要把日子过得没有一点声音,那多没劲,像寨子里闲人,了无生气过的那也叫日子?

想到闲人,小满手停了一下,与她相邻的棉田就是闲人的,那也好意思叫棉花田,几根棉枝像给黄鼠狼喝了血似的,面黄肌瘦的叶片哪展开过,连地面都没遮住,夸张一点说,棉花行里都可以跑牛车了。

管他跑牛车还是跑马车呢,自己的活路要紧,小满两只手开始在棉花桃子上翻飞,一朵一朵棉花就飞到了蛇皮袋里。

蛇皮袋上系了根带子,小满把带子斜挂在肩头,这样省事又顺手,只是带子勒在身上,不怎么舒服,尤其是胸前,被带子一勒,鼓鼓的,好在没男人在一旁,否则,那人眼珠子不掉下来吧嗒一响才怪呢。

说吧嗒,小满还真听见了吧嗒一响,小满吓一跳,扭过头,闲人不知啥时也夹了个空袋子上了北坡崖,正在一边不错眼地望着她,闲人嬉皮笑脸的,小满妹子,摘花咋不叫我一声,好歹是个伴啊。

小满皱了一下眉,说,闲人哥你那么勤快的人,还用妹子叫啊。

闲人没听出梁桃嘴里的揶揄,觍着脸说,这黑王寨老老少少,也就妹子晓得我是勤快人,为了妹子这份看重,今天我给妹子白摘一天花。

小满心说,就你那笨手笨脚样,不如我多赶一小时出的活多,还好意思叫别人领你的情?小满手不闲嘴上也不闲,说闲人哥你这大的人情我可担待不起。

闲人吃了瘪，却不气馁，三两步挤到小满身边就摘起棉花来，边摘边往小满胸前的袋里塞，那手就有意无意在小满胸前蹭。

小满缩了缩身子，闲人愈发贴得近了，还拿话撩小满说，小满妹子这名字起得好啊。

小满冷了脸说，咋个好法，我怎么不觉得？

闲人就拿嘴呶了呶小满胸前，说，那么满的两个小山峰，不叫小满叫啥？

小满脸一沉，反唇相讥说，看不出闲人哥还很有文化呢，晓得用谐音打趣妹子。

闲人挺得意，那是自然，没点文化敢在小满妹子跟前显摆，谁不知道妹子是天鹅啊。

小满不置可否笑了一下，说闲人哥这么有学问，我还真有事向你请教呢。

闲人立马好为人师起来，说，小满妹子你只管请教。

小满就露出一丝不易察觉的笑来，说，昨儿个吧，我家那学生娃问我蛤蟆的蛤咋写，愁死我了，我只会写青蛙，哪里知道蛤蟆这样的土话也能上书的。

闲人头一摆，小满妹子这你就没学问了吧，蛤蟆也是上了书的名字呢，你只晓得青蛙，还有蟾蜍没听说吧。

蟾蜍？不就是癞蛤蟆吗？小满装作恍然大悟样一拍脑袋。

嗯。对的，小满你进步很快嘛，晓得举一反三了。闲人拍小满马屁说。

是吗，那闲人哥这么有学问的人更晓得举一反三了。小满笑眯眯地望着闲人。

我当然晓得啊。闲人拍胸脯夸口说。

那我家学生娃问癞蛤蟆想吃天鹅肉是怎么个讲法,闲人哥能不能举一反三给妹子讲透点?

癞蝓蟆想吃天鹅肉?还举一反三?闲人有点疑惑了,有这么给学生出题的老师吗,才上二年级的娃儿,知道个屁?闲人自言自语说了一句。

也是的,像闲人哥这么有学问的人都不知道的问题,娃儿才上二年级能知道个屁啊。小满装作愤愤然从肩头卸下装棉花的蛇皮袋子,冲闲人一挤眼说,不行,我得回寨子去找个清白人问一下,那癞蛤蟆为啥就想吃天鹅肉呢?

闲人看着小满昂着头从从容容跨过自己的棉田下了北坡崖,这才醒悟过来,醒悟过来的闲人气急败坏地打了自己一嘴巴,好端端的,自己咋就成了一只癞蛤蟆?

枯　梢

树老枯梢叶儿稀,人老弯腰把头低。

四姑婆冲四爷耳边絮叨说,你低了这个架子吧。

凭啥,凭他是村主任。四爷脖子上青筋一暴,论辈分他喊我爷爷呢。

四姑婆急忙拿手去捂四爷的嘴,我喊你爷爷行不。四爷被捂得嘴里岔了气,四爷就往后退,边退边埋怨说,树老可以叶稀枯梢,人老了只怕未必低头弯腰。

四爷不是个服软的人,轻易不。

四姑婆知道一时半会四爷顺不过气的,就回了屋,去烧香,求菩萨保佑。

四爷不信她这一套,人都保佑不了的事,指望远在天边的菩萨,笑话。

四爷想保的,是祖上的一处屋场。

那屋场,四爷早就不用了,新起的屋,寨子里作了规划,不再是一户山头一户人家了。

也好,大家热热闹闹住一起,遇事也有个照应。

四爷恋旧,时不时去老屋场坐一下,那里有祖上的汗水呢。四爷喜欢在祖上的庇荫下想点心事,人老了,就会生出许多莫名其妙的感慨。

四爷的感慨很简单,四个字——世风日下。

这世风日下四个字跟陈六有关。那天村主任陈六是在暮黑时分走进四爷家里,陪陈六一起走进四爷家的,是两瓶酒。

四爷怔了一下,问,陈六,有事?

陈六不说有事,把两瓶酒往四爷面前推,四爷就知道,陈六准有事。

知道了心里就不痛快,都在黑王寨住着,有事说事,拎两瓶酒学城里人那套,不是世风日下是啥?由此一推,四爷得出个结论,平日里寨里人找陈六说事,一准也拎了酒的。

四爷把不痛快写在脸上,说,陈六你这酒我喝不得。

咋喝不得?陈六没听出四爷话里有话,这酒度数低,喝了不缠头。

四爷说,我不怕它缠头,我怕它缠心。

缠什么心?陈六问。

心里不痛快呗,当然缠心了。四爷哼了一声。

陈六就晓得四爷他是要他把话说透亮一点了,陈六挠挠头,自己捡了个凳子坐下,说,四爷是这样的。

哪样的?四爷支了耳朵。

这寨子里老老少少不是都用上手机了吗?

嗯,用上了。四爷点头,他自己兜里都有一个,联通的号。

所以,得建塔不是?陈六笑了笑,您也知道的,早些时候,打个电话吧,还得上树才能听清楚。

不上树你还能上天不成?四爷瞪了陈六一眼。

这年轻人上上树没问题,您这一把年纪怎么上?陈六循循善诱说,我寻思着在寨子里建一座塔,人家联通公司也答应了。

那建呗。四爷说建塔跟我有啥关系,值得你拎了酒上门?

陈六就把凳子往四爷跟前移,建塔得选地不是,人家联通公司看中您那老屋场了。

啥?四爷吓一跳,我那屋场,他们倒挺会挑地方呢。

陈六讨好说,那是谁都知道那地方风水好,当然这不是主要的。

主要的是啥?四爷脸黑了下来。

这主要的是您那老屋场吗,老枯梢叶儿稀了,留着也没用场。

滚,你个陈六,你干脆骂我人老弯腰把头低算了,拎酒,你这是促狭我呢。

四爷把酒咣当摔到了门外。

我屋场就信号好了。陈六在酒香中落荒而逃,人逃了,话却留了下来,四爷你再想想这联通塔可不是我陈六一个人的事。难道是我一个人的事?四爷气哼哼地冲四姑婆发了牢骚。

牢骚完了,四爷这会心里烦得不行,干脆盯在门口,去他家老屋场的路非得从门口走不可,他盯的是陈六呢。

果然,陈六就出现了,身后跟一大帮子人。

四爷心说,混蛋的陈六,以强欺弱呢。四爷就去掏手机,掏完了爬上竖在门外的梯子,四爷想好了,只要陈六敢动他的老屋场,他就报警。四爷报警是报给他闺女大凤,大凤在省电视台上班,随便一个电话都能让陈六俯首贴耳地恭听,真当自己是枯梢呢。

陈六领了人从梯子下经过,看见四爷爬梯子,陈六怔了一下,说。四爷你做啥呢?

四爷说我量一下天有多高。

陈六就明白四爷是骂他不知天高地厚呢,陈六不回嘴,笑一笑,招呼人过去了。

四爷是在梯子上蹲了没多久听见油锯响的,跟着看见一棵板栗树倒下来。

那是正挂果的板栗树呢,四爷心里一疼,急忙喊四姑婆,说,你去拦一下陈六。

四姑婆说,拦陈六干啥?

四爷一边从梯子上往下爬,一边催促,陈六他锯树呢。

锯就是了,枯梢的树,长那也不值钱。四姑婆撇撇嘴,那老屋场能有几棵树,满打满算,装不了一车柴。

你知道啥啊。陈六锯的是板栗树。四爷吼。

板栗树?四姑婆就明白过来,全寨上下就陈六自留山上种有板栗树,寨子里老老少少都吃过陈六送的板栗煨老母鸡。

混蛋的陈六。四爷骂了一句,非得我这个老人弯腰低头求他啊。偏不。四爷冲四姑婆说,你给陈六带个信,让他把塔建在我们老屋场上,再好的风水也是黑王寨的风水吧。

吞　单

四喜从黑王寨出去时是冲他爹发了毒誓的,我要带不回一个媳妇来,我就不是你的种。

在黑王寨住久了的人都晓得,四喜爹当年也是孤身一人出的门,可回来时就拖家带口了,带口带回来的是四喜,拖家当然拖的是四喜娘了。

四喜娘人长得伸伸展展的不说还细皮嫩肉的,跟四喜爹很不般配,因为不般配就显出四喜爹的手段了。寨子里嘴长的四姑套过四喜娘,你家男人咋就摊上你了呢?是不是用了强的啊。

四喜娘不回答,只是笑,笑出一脸的温柔来,四姑就问不下去了,这么水色生香的女人,用强也要狠得了心啊。四喜爹可不是那种狠得了心的男人,整个黑王寨还没出过在女人面前狠得下心的男人呢。

四姑就百思不得其解地走了。

别说四姑王嫂不得其解,连他们的儿子四喜都不得其解,娘那身板那模样跟了爹,真个是委屈自己了。

爹除了死做就是憨吃,看不出一点做人的伶俐样,娘跟爹,图个啥呢?要是解释只有一个的话,那就只能是钱了。

爹有钱吗?四喜打过了十五岁就开始琢磨这个问题,到十八岁得出一个肯定的结果来,爹是没钱的,要有钱,爹不会一脚把他踢出门,强巴巴要他去打工。

爹这回倒说了句强巴巴的话,老子十五就出去找钱养活自己了,多养了你三年你晓得不?三年的花销,够讨一个媳妇了。

四喜当时就梗了回脖子,你放心,我要带不回一个媳妇来,我就不是你的种。

这四喜一走吧,四喜娘第一次跟四喜爹翻了脸,四喜娘翻脸跟别人不一样,只垂着眼睑,白着嘴唇,半晌挤出三个字来,后悔了?

四喜爹就露出一脸的惊慌来,陪着小心说,那哪能呢,要后悔我能抬他那么大?

这是实话,四喜娘不吭气了,拿手递过去擦一把男人脸上委屈的泪花,要不,让四喜去找他爹?

他爹还在牢里呢。四喜爹闷头闷脑说了一句,我当初吞单的时候,就没想过让他知道有个强奸犯爹。四喜不知道,他娘是被人强奸后昏迷在路上被他爹遇上的,案子破了,孽种却也在身体里皮了芽,四喜娘羞于见人,又跳了一次河,还是四喜爹救的。

四喜爹说,你跟了我吧。

四喜娘说,你不嫌?

四喜爹挠了挠头,我还怕你嫌呢。

就这么,四喜爹一吞单就把四喜吞到了十八岁,黑王寨喜欢把兜了不该兜上身的事叫吞单。

四喜走后不久,四喜爹跟四喜娘就开始脱砖坯,黑王寨人有自制的土窑,可以烧砖,四喜爹说了,要真儿子带个媳妇回来,咱得给他们一处新房子不是,烧窑不是难活,只要脱足了砖坯,盖几间新房还是不成问题的,黑王寨檩檩条条多的是。

只是,俩人没想到,四喜会把媳妇这么快带回来。那天,四喜把电话打到了村主任家里,说他二天要带媳妇回来,请爹娘下寨子接他一接。四喜爹接了电话,回头冲四喜娘说,混蛋的,这么能啊,不到一年呢,媳妇就弄上手了。

四喜娘嗔怪了他一眼,许你能,不许儿子能啊。

四喜爹就笑了一下,笑完觉得不对劲,吞吞吐吐来了一句,别不是用的强吧。

说完见四喜娘嘴唇又发起白来,赶紧赏了自己一嘴巴,我瞎说的。

四喜娘没接茬,幽幽说了句,你咋就不把他实实心心当自个的儿呢,啥样爹带啥样的儿,你以为用强人家姑娘一定就跟你了?

这话值得往深里想,当初,四喜亲爹事后托人找四喜娘说只要她不报案,愿意娶她当媳妇,四喜娘死活没点头,那边可是家境殷实的城里人家呢。

第二天,俩人欢欢喜喜下了寨。

一辆又一辆过路车停了又走了,却没见四喜的身影,直到天色黑下来一半时,才从远处影影绰绰晃来一个骑三轮的身影,远远看,像四喜。

近了,还真是四喜。

你媳妇呢? 四喜爹迎上去。

四喜往后努了努嘴,四喜娘心说害羞呢,这是。往三轮车后面一看,一床棉被下,半卧着一个姑娘,两眼空空洞洞的,不说话,只漠然瞪着夜色。

四喜爹看了一眼四喜娘,完了两人一起看着四喜。

四喜蹲下身子,说,她是我们工地上送盒饭的,那天我在脚手架上赶工,工友跟她开玩笑,说,她要把饭送上脚手架,我肯定会娶了她。

娶了她,她没人要啊,显得你人五人六的。四喜爹皱了一下眉。

四喜努努嘴,她是个豁嘴。

四喜娘就凑拢去看,果然看见上面豁口处露出两颗门牙。你答应了?四喜娘闷着脸问。

嗯,我以为她不敢上的,她有惧高症。四喜抬起头飞快补了一句,哪晓得她真上来了,我接盒饭时,墙面上有一垛砖没码好,往下掉,她低头推了我一把,砖就落她头上了,眼下只是脑震荡后遗症。

你就把她拖回家了?四喜爹也蹲下来。

嗯,四喜不敢看他爹,我知道这一单我不该吞的,可我是男人。四喜犹犹豫豫这又补上一句,医生说了,休养半年,还是可以康复的。四喜爹忽然哈哈笑了起来,笑得泪花飞溅,四喜爹给了四喜一拳头,冲四喜娘眉开眼笑说,儿子,这一单该吞,你比爹我当年还有种呢。四喜娘扭着身子,边抹眼泪边骂了一句,德行。

这下轮到四喜不解了,自己拖个半死不活的媳妇回家来,爹娘咋还这么高兴呢。

退　亲

吃碟退碟,吃碗还碗,咋的?我姐冷笑说,不成要人吃了篾片屙晒席?姐的嘴在黑王寨出了名的狠。

姐一抖狠,秀姑就没话了,秀姑的嘴也利落,但见了我姐就没辙了,一物降一物呢,其实最主要的,秀姑是我姑。

姑再狠,也没几个斗得过娘家侄女的,一根藤上牵出的叶蔓呢,是帮理还是帮亲?秀姑拿眼望着我娘,娘是她嫂子,长嫂为母呢。秀姑能吭声,除非你敢把回娘家的路给竖起来。

秀姑不敢竖,娘可没少帮衬秀姑。

姐和秀姑隔壁的四海谈得好好的,快临到端午人家送节礼了,却把人家拎来的烟啊酒啊礼条肉一股脑儿扔到了院子。

姐不光嘴狠,出手也狠,不愿意就明说,丢人家东西干啥呢?秀姑脸上挂不住,回娘家埋怨了姐一句,你可得想清楚了,退亲可不是闹着玩的,算起礼金来,一个蚊子翅膀都少不了的。

姐就在开头顶了秀姑几句。

娘说话了,咋了,嫌人家小伙窝囊?

不窝囊。姐没好气搭理了一句。

那就是脾气坏了?娘又问。

他敢。姐一撇嘴。

不窝囊又不坏那就很难得啊。娘一拍手,不成你想找个窝囊的,脾气坏的?

姐气鼓鼓的,我那么没出息啊,盘子端的不吃脚趾丫夹的。

那你就给我把丢出去的东西捡回来。娘一拍桌子,倒把秀姑吓了一跳,秀姑从没见过嫂子发火,想不到嫂子这么温善的人也有脾气。

姐坐着没动,拿眼瞅院子里她丢的东西。

娘拿眼盯着姐,再说一遍,捡还是不捡?

秀姑急忙跑到院子里,把东西一样一样捡回桌上,完了双手按住姐的肩头,实话对姑说,四海哪点不如你意了,要真那样,我再给你物色个光鲜点的。

娘鼻子里一哼,要我看,在黑王寨,眼下就找不出比四海光鲜的人物。

也是的,四海家是黑王寨第一个种香菇筒子的,论心眼,四海可是比谁都强。秀姑帮腔说。

到底咋回事?你给姑说啊。大前天你们还一起高高兴兴赶的集,咋回事就生意思了呢?

你就知道问我,不兴问他啊。姐一摔脸,委屈得不行,冲进房间抽抽搭搭哭起来。

要不你问问四海?娘也退了步,姐嘴狠,但不是真委屈了,你就是拿辣椒水灌她她也不会哭。

秀姑就闷了头往回走,跟别人家做媒,好歹能落个跑腿钱,跟娘家人倒好,落一肚子气。秀姑心里鼓胀胀的,见了四海就自然没个好颜色,四海是秀姑男人的侄子,没出五服的,两家同屋连脊的,亲着呢。

秀姑为的是两家亲上加亲,没成想,不知在哪个环节出了乱子。

四海你说,你们赶集是不是争嘴了?

四海就使劲回想赶集的细节,没有啊,我买菌种还是她帮我点的数。

那逛街你没买点啥吃的哄哄她?秀姑又问,女孩家都爱吃个零嘴儿。

买了啊,装了一大包呢。四海说不信你看,包里没吃完的还搁在这儿呢。四海就去里屋翻包。

翻出来往桌上一倒,各式各样的零食糕点滚出来,花样够多的了。完了秀姑见包里还鼓着,就多了句嘴,里面还有啥?

四海就去掏,一掏掏出个包装得很精美的盒子,上面扎了红纸带,糟。四海一拍脑门,我把这茬给忘了,只顾回家料理菌种,该打。四海懊悔得不行。忘了啥啊？秀姑掂了掂,没掂出个所以然,就问四海。

一块依波女表。四海笑,当时走过橱窗好几步了,我看她还在恋恋不舍回头看,就趁她上厕所时偷偷买了,准备回来给她个惊喜的。

秀姑这才想起侄女手腕上空空的,秀姑还知道侄女爱面子,不会张口找人家要东西。秀姑拿了表盒点了四海脑门一下,你啊,可真够榆木脑袋的,菌种重要,媳妇更重要啊。告诉你,这回婶给你跑路的鞋钱你得认了。

我认,我认。四海看秀姑有十成把握的样儿,原本苦着的脸立马笑开了。

不过还得借上你的包。秀姑想,我可得摆治一下那爱耍性子的侄女。

秀姑故意黑着脸赶到我家冲姐说,要退亲是吧,人家四海说了的,这包里的零食啥的是为你买的,吃不吃你都得认账的。完了一股脑儿往桌上倒,姐的眼瞪得大大的,凭什么啊,没吃还要我认账,这四海什么心眼啊？

事不为你起,事不为你落。秀姑说你不认难道我认不成？倒着倒着秀姑装作一脸好奇样,捞起一个包装盒,糖果还有这么包装的啊,真贵气。

姐眼里一亮,心里明镜似的念头一闪,抢过包装盒娇嗔说,贵气的是我,懂吗？秀姑装不懂,说这个得退多少钱啊。姐说,要你管啊。一边戴表一边不好意思地笑,脸上露出一对红红的酒窝。

伤　害

吃人饭不说人话的东西，你说说，我们做老的哪点伤着你了？我刚到马麦门外，就听见他爹这样骂他。

马麦是我高中同学，他爹行一辈子医，民间的那种土医生。今年高考落了榜，在外面打工，听说打丢了一只胳膊刚回来，整个黑王寨就出了我跟他两个高中生，他出了事我来看看他，当然应该。

伤没伤着你们心里有数，反正，明天我就走。马麦一摔凳子，踢开了大门。我站在门外，很尴尬，望着他那只空空的袖管发呆，找不出该说的话。

都折了翅膀还这么硬气？好，只当我当年一把掐死了你，少养一个，照样有人给我养老送终。马麦爹一贯和气的人把狠话砸了出来。

走，别理他，都快成疯狗了。马麦用那只好胳膊拐了我一下，出去转转吧。骂爹是疯狗，在黑王寨是忤逆老人呢。这马麦，莫非受断臂打击心理反常吧。我猜想。找了片竹林，我们坐下，我说，怎么刚落屋又要走呢？养养伤再说吧，也不急于一天两天的。

养伤？马麦冷笑，我要能养伤就好了，你知道从我落屋到今天，有多少人去看我吗？

不知道。我老老实实回答。

全寨子里的人都来过了，只要能挪步能喘气的。奇怪，马麦

居然非常刻薄地来了这么一句。

那是好事啊,说明寨子里的人情味浓。我说。

人情味,呵呵。马麦突然放声大笑起来,先说我爹吧。

你爹怎么了?我好奇地问了一句。

我爹一见我,第一句就是,你娃算是废物了,爹白拉你这么大了,养儿子当和尚呢我是,叫你接我手你硬是不接。

那你娘呢?我小心翼翼问了马麦一句,他爹行医没医师证,老被查,希望他读书出来去接手,却弄出这事,说出这话很正常,他娘心细。我娘?马麦冷笑了一声,我娘倒没说我是废人,不过……不过什么?我又问。

马麦咬了咬嘴唇,我娘把我拉到一边说,你哥哥马上就要相亲了,你是不是出去住几天,免得人家女方担心嫁过来还得养个闲人。唉,咋都绕成一个意思了呢?她妈也真是的。我叹口气。

那你哥呢?我急忙插了一句,他哥对他可好了,上高中时经常翻山越岭给他送菜呢。

我哥?马麦不咬嘴唇了,我哥说兄弟一场,做哥的只要有碗干的,就有不会让兄弟喝口稀的。

还是你哥仁义。我一拍巴掌说。

仁义?你听我说完就知道啥叫仁义了。马麦脸色一寒,我哥跟着又来了一句,兄弟,你这条胳膊,我可听说是工伤,厂里赔了不少钱吧?

对啊,工伤,劳动法有规定的,应该赔你一大笔钱的。我为他高兴起来,有了这笔钱,你后半生基本可以衣食无忧的。是吗?马麦淡淡地看了我一眼,钱是赔了不老少,可钱能买来他们对我的伤害吗?

伤害,谁伤害你了。我伸手去摸马麦的脑袋,你没发烧吧。

马麦往后退了一步,我爹我娘还有我哥难道对我没有伤害?

没有啊。我这会是真糊涂了。

马麦愤愤地瞪了我一眼,亏你还准备复读了考大学。

考大学咋啦?我愈发莫名其妙了。

马麦忽然哭了,他说你知道不,从我回来到今天,包括你在内,就没人问我一句疼不疼,你们都是我最亲最亲的人啊。

疼也都过去了啊,还用问吗?我觉得这马麦呀,才出去混了半年时间,未免太矫情了吧。

是的,手臂上的疼都过去了。马麦抖了抖空空的袖管,可我的疼,在心里。

说完这话,马麦掉头就走了,他走的方向,不是回家的路,是寨子唯一向外的出路。

没人送他,他原本说明天走的啊。

惹　鬼

黑王寨的男人,出门都喜欢在口袋里装上一包烟,碰见人就奉上一根,抽烟在很多时候并不是一种嗜好,而是生存的一种需要!

为啥呢,黑王寨这地方,山高林密的,风也硬。叼一根烟在嘴上,夏天驱赶蚊虫,冬天可以取暖,白天消磨时光,晚上走路壮胆。

有火不惹鬼,传了几辈人的老话呢。

偏偏，老话也有失了偏颇的时候，陈六早上出门，明明白白装了一包烟，路上却惹了鬼。

陈六头天刚当选村主任，心里很高兴，虽说村主任只是个芝麻官，只有露水大的前程，但毕竟是有前程的人了不是？黑王寨人信奉一句老话，但行善事，莫问前程。也就是说，前程不是那么随便就唾手可得的，晓得老陈家行了几辈人的善，才给了陈六这点前程。

陈六就跟歌里唱的那样，咱老百姓啊，今儿真高兴地走在山间小路上，上任第一天，他得随处转转，算是在自己领土上巡视一番吧。

以前这寨子里的旮旮旯旯，他不是没转过，但转出今天这样的感觉，却是八辈子没有过。

感觉透爽了，抽根烟就在所难免，陈六摸出包三块钱的红金龙，弹出一根，刚叼上，有人迎碰头过来了。嘀，是村长啊。黑王寨人习惯叫村主任为村长，改不过口来。

陈六一抬头，是四爷，陈六吓一跳，四爷在黑王寨，德高望重呢。

陈六就不忙着点火了，从烟盒里掂出一根双手奉上去，四爷，您抽烟。

这喜烟，四爷我抽定了。四爷接过烟，在鼻子下嗅了又嗅，到底是喜烟，透着喜庆劲儿呢。

啥呀。陈六不好意思地笑笑，平日里也都是抽它啊。

过了贵人的手，味就不一样了。四爷笑着把烟从鼻子上取下来，把没有过滤嘴的那头在大拇指的指甲上顿了几顿，意思是要上火了。

在寨子里，四爷叫谁给他上火，是给谁长脸呢。

陈六赶紧摸出防风打火机,点燃,四爷把烟叼上嘴,低下头,刚凑到陈六胸前,忽然停下了。

陈六说,您老上火啊。

四爷不说话,把烟放手上,反复捏了捏,说,心口闷,忽然不想抽了。

陈六笑,说四爷您这就外行了,烟是顺气的东西呢。

是吗？四爷从鼻子里哼了一声,烟是顺气的东西,我当然晓得,可人不让人顺气我也晓得。

在黑王寨,谁敢给四爷您不顺气啊。陈六一个哈哈没打完,四爷却鼻子不是鼻子脸不是脸地走了。

起来早了不是？陈六一下子蔫了头,闷声不响往回走。

走了没三步,碰见一个不想碰见的人,谁,刚被海选下台的前村主任朱五。

朱五眼睛贼,看见陈六有心思,故意凑上来打招呼,哟,新官上任啊。这是？

新官上任咋了？陈六没反应过来,拿眼望着朱五。

新官上任三把火,咋的,你媳妇没教过你？朱五语气带点揶揄,也是的,陈六要没个精明媳妇,他想选上村主任起码要等下辈子。

三把火,对,火。烟才有火。陈六总算悟了过来,自己该敬朱五一根烟呢,这是寨子里的规矩。

接了烟,朱五叼上嘴,却不急着点火,拿眼在陈六胸脯上扫了几遍,哟,陈大村主任啊,新官上任顶花戴朵的,你可是第一个,学古人跨马游街呢。

顶花戴朵？没啊。陈六摸了摸自己的板寸头,他以为有什么野花沾在了头发上。

是吗,那是我眼花了?朱五故意把个头抵到陈六胸前,揉了揉眼睛,一摔脸色,把根烟弹出老远,走了。

做人做这么促狭,黑王寨里可不多见,陈六有点恼火了,是人家选的我当主任,又不是我逼你下的台,犯得着横鼻子竖眼吗,以后还见不见面啊,真是的。陈六也气得一摔脸色,不巡视了,巡视也还是那些旮旮旯旯,回家得了,清巴早的惹了鬼,日谁的气啊。

回了家,媳妇正喂猪呢,见陈六板着脸,媳妇很纳闷,哟,露水还没收呢,你咋回来了?

等露水收,只怕我泪水都给气出来了。陈六没好气,这村主任真不是人当的。

干了这卖脸的事,就得做那没脸的人。媳妇一拍猪水瓢,你以为是个人都能当村主任啊,得有容人之心,人家宰相肚里能撑船,你肚子撑根竹竿也不行啊。

还真是撑根竹竿呢,戳得人心疼的竹竿。陈六气呼呼地。你说吧,我给四大爷奉烟,他明明接了手要点火了,却说心口闷,烟让人顺气,人不让他顺气,什么意思吗?陈六气哼哼地拍了一下胸,我心口这会儿才闷呢,才不顺气呢。

媳妇看了陈六胸口一眼,就这事?哪啊,朱五你晓得的。陈六说,他下台有气我理解,可不至于损我顶花戴朵显摆啊,好心敬他烟,摔得远远的。

顶花戴朵?媳妇抬眼望了望陈六的头,又低头盯了盯陈六的胸,忽然没头没脑问了陈六一句,你给四爷和朱五奉的什么烟啊?

什么烟,红金龙啊。家里除了红金龙还有啥?陈六气呼呼从裤兜里掏出那包烟拍在桌子上,老子以后出门啥烟也不带了,看他们顺气不顺气。

媳妇又拿眼看了看陈六胸前,冷不丁的捂嘴笑了起来,笑啥呢,吃错药了?陈六恶啼啼地说。

媳妇不生气,走过来,从陈六上衣口袋里摸出一个东西来,你口袋里装着这个,却敬人家红金龙,换成我我也生气。

陈六一怔才想起来,昨天上任后去乡里汇报情况,由于是初次上任没准备,听乡长批示时顺手摸了会议室一个空烟盒做了记录的,那烟盒上面有一朵金晃晃的花,陈六这会儿才看清楚那牌子,居然是芙蓉王的。

黑王寨的人,最瞧不起口袋里装两种香烟的人,这样的人对上对下两副嘴脸,别说大爷不顺气,朱五没摔他大嘴巴还是轻的。

陈六一把脱下了新上身的衬衣,骂媳妇,不就是个村干部吗,买什么真丝的衬衣,让人看出两副嘴脸来,不是惹鬼是啥?

闲　人

山峰长不了牡丹,低谷种不活杨柳。同样的,黑王寨这样的地方也养不了闲人,你想啊,当大家都撅着屁股往土里砸汗珠子时,你好意思袖着双手在田间地头闲逛?

寨子里的地虽说贫瘠,但埋汰人的话并不贫瘠,那些话语要码得起来,得,可以压得你祖宗十八代都抬不起头。

所以说,在黑王寨,做闲人是要很大的勇气的。毕竟黑王寨

有个人人不耐见的闲人呢。

偏偏,有人要步这个后尘,谁,冬生呗。

冬生都下学二个月了,还不见他摸一回锄头把,他爹火了,骂他,你自己照镜子看看,站那一大筒,坐那一大堆,咋像块门板样,推不走半步呢?

冬生皱皱眉,门板咋啦,人闲心不闲。

你心没闲,没闲得生锈是吧?冬生爹使劲一摔门。

生锈了会疼的,我自个难道不晓得?冬生放下书,对他爹说,我得上街去透透气。

老子勤快了一辈子,咋生出你这个懒种呢。冬生爹气狠狠地,嫌在家里闲得无聊,还到街上丢人现眼啊。

冬生不生气,冬生说,爹您别生气,没准哪天我也让你做一回闲人。

你爹没生那个命。冬生爹脸一沉。

难说。冬生不看爹的脸,您自己也说过,后颈窝的头发,抓起来一把,看不见一根,日后的事,您看得见?

冬生爹不愿看日后的事,更不想看眼前的事,灌了一气凉水就扛着锄头下了地,虽说小农闲,在黑王寨也有做不完的事。

冬生骑了那辆除了铃铛不响全身都响的自行车飞快下了寨子,身后是一串串蔑视的目光。冬生不理这些目光,把个车子骑得很张扬。

牛二的杂货铺子依然是黑王寨人的落脚点,冬生把车子往那一放,冲牛二叫声叔,就去了乡政府的招待所,他有个初中同学启秀在这儿当服务员。

冬生去时,启秀正忙着在客房角摆放花盆,说花盆吗,里面却只有几根藤牵出来,不见花。

冬生看着藤眼熟,问启秀,啥宝贝藤啊,搬到客房里来。

启秀说,扶芳藤啊,可以清洁空气的,你说宝贝不?植物能当清洁剂,真蒙我是乡巴佬啊。冬生说。

谁蒙你啊。启秀一噘嘴,亏你还上过植物学呢,这扶芳藤能够在极短时间内,大量吸附分解空气中的杂质和有害气体,是天然的清洁剂呢。

是吗?冬生依稀记起来,课本上是说过某些植物有着特异功能的。冬生就低下头,仔细看那藤,看完了一声惊叫,这不是我们寨上最最讨厌的野鸡藤吗,动不动就把一棵果树给缠死了呢。

真的,你们寨上有?启秀说你没看走眼吧,我这一盆还是乡长在县宾馆里头讨回来的呢。乡长在宾馆开三级干部会议,觉得人家会议室和客房里空气特干净,弄明原因后才求爹爹告奶奶抱一盆回来试栽的,人家那里也紧缺这藤呢。

有了。冬生眼前一亮,冲启秀一做鬼脸,我二天再来找你玩。屁颠颠赶到牛二的杂货铺子骑了自行车往寨上飞蹿。

冬生爹正在梨园里清除野鸡藤,每年夏天都要清一次,野鸡藤特别能长,三绕两不绕的就上了枝头,果园还没挂果呢,刚一人高,哪经得起野鸡藤强占去养料啊。

冬生第一次摸了锄头把,冲一根野鸡藤下功夫,冬生爹说,咋啦,不想当闲人了?

冬生说,我啥时闲过啊,心里忙得喘不过气呢。

冬生爹冷笑,是你太勤快,做一点事心里就喘不过气才对。

冬生挖出一根野鸡藤,带泥土包上,真没给他爹喘气想明白的功夫,一翻身又上了自行车,下寨去了,像屁股后面有鬼追着。

一去就是两三天,冬生再露面时,是坐了牛二的摩托车回来的,两人挨家挨户串了门,一家下了五十元定钱,收购野鸡藤,十元一棵,但必须是带土挖的,不能伤了根。

废物能变钱,冬生爹干得最起劲,他相信牛二的话,更相信牛二的钱。

牛二笑,说你老哥就要享清福呢,冬生收一季野鸡藤够你干三年的了。

冬生爹不信,说牛二兄弟你就别埋汰我了行不?养出这样的活菩萨我够丢脸的了。

活菩萨?牛二笑,财神菩萨才对呢。

冬生一季的野鸡藤收下来,赚了多少,不知道,但他背回了黑王寨第一台电脑。

冬生就愈发闲了,足不出户在电脑上移动鼠标,忙的是他爹,开始有人将山洋芋,野板栗啥地往他家里送,收到一定的时候,又有牛二上山来拖,往外地调。

国庆节那天,没货了,冬生不在家,牛二却开了车上来,冬生爹说拖啥呢,牛二兄弟?

拖你们老两口下山转转去。牛二不由分说把冬生爹娘拽上了车。

集上,一辆桂林七日游的旅游车在牛二铺子前候着,冬生冲爹娘笑,塞过两张票说,您二老也当一回闲人吧,去看看甲天下的桂林山水。

当闲人?冬生爹不好意思地摸了摸后颈窝,啥时自己还真的生了这个命?

后颈窝有啥呢?头发。摸起来一把,看不见一根的头发。

操　心

在黑王寨,没人比四贵媳妇更操明天是不是星期天的话了,黑王寨人记日子,要么以节气推算,要么以初一十五推算,以星期天计算的,就四贵一家按星期计算。

其实说白了也简单,人家男人四贵,是民办教师。在黑王寨,民办教师也是一种身份,而且这身份不是人人都可以担当的。

得断文识字,得知书达礼。

四贵是断文也是识字的,这点,可以肯定。知书也是事实,至于达礼,寨里老少也都承认,就四贵媳妇一人不点这个头。

这事自然就有扯头,一扯就扯到春香身上了。春香在黑王寨是个很受人瞩目的女人,四贵媳妇当然也是,只是她们两人的瞩目,有区别。

春香的瞩目,在于她的俏,四贵媳妇的瞩目,在于她的巧。春香的俏在嘴上,四贵媳妇的巧,在心里。

按理说,两个同样受人瞩目的女人是掐不到一块的。掐是黑王寨老话,指两人关系好,但偏偏,春香和四贵媳妇俩人掐得很好。那会儿,春香还没离婚,脸上是显山露水的滋润,春香男人在乡里,和四贵男人同属于在外面做事的人。可做着做着,春香男人就不大搭理春香了,当然是暗里不搭理,明里逢上寨子里人家有个婚丧嫁娶什么的,两人还是一举手一投足都是让人羡慕的恩爱样儿。

是四贵媳妇先发现的不对劲,你说,两口子在外面哪能那么样的一团和气呢?四贵媳妇在一个星期天冲四贵问。

四贵只顾翻报纸,他不大喜欢议论家长里短的。四贵媳妇就拿手夺了报纸,跟你说话呢,耳朵长那打蚊子的啊。

在黑王寨,只有牛的耳朵长那才是打蚊子用的,四贵媳妇的意思是她对牛弹了琴。四贵没了报纸,晓得不糊弄一句是不行的,四贵就假装沉思了一下说,一团和气没什么不对啊。春香男人是乡里干部,得做表率不是。

那叫表率?表里不一才对,太客气了,就透着假。四贵媳妇说。

四贵懒得争辩,管人家假不假的,我对你真就成。四贵媳妇就红了脸,在四贵脸上揪了一把,真,真的很。完了把报纸塞给四贵。

门就是这会被推开的,春香接嘴比推门快,说,大白天真什么啊真?

四贵媳妇顶回去,说,你真烦人不行啊。

春香就做出要走的模样,哟,是不是要邀中啊。我不烦你们就是,难得碰个星期日的。

邀中是黑王寨独有的荤话,指男女精力旺盛,中午还做那事儿。

四贵媳妇扬起手追过去,信不信我撕烂你的嘴,把男人当牛使唤啊你以为。

春香一边拿眼瞟四贵,一边拿嘴还击,我刚刚在门外可听见说某人耳朵是用来打蚊子的,不是牛是啥?

四贵脸就全埋到报纸上去了,好像报纸上有很值得研究的东西。

春香乘胜追击,哟,我要不来四贵哥也打算这么研究嫂子的吧。

要死啊你。四贵媳妇终于拧住春香耳朵了,要不要四贵现场指导你家男人研究研究你啊。

那样多麻烦。春香火辣辣的一笑,让四贵直接研究就行了,要想艺学会,先跟师傅睡吗。

两个女人的脑袋就挤在一起哈哈大笑起来,笑得四贵走也不是留也不是。

在黑王寨,生了孩子的女人是可以这么放肆的。做姑娘时压抑久了,偶尔这么任性一回谁说不应该呢?再说四贵媳妇,也确实需要有人来分享她一个星期才能期盼一回的幸福。

那幸福也是可以显山露水的呢,而且显山露水得不用她操半分心。

只是,这种显山露水的幸福没过多久,随着春香脸上显山露水的滋润退隐而消失了。

春香离了婚,离婚的女人在黑王寨也叫寡妇,没什么依据反正都这么叫的。

四贵再看春香时,眼里就多了层内容,能把人心熨妥帖的内容,春香在这内容里常常就失了神。

再以后,春香成了黑王寨比四贵媳妇更关心明天是星期几的人了。

四贵媳妇是在一个春上和四贵提出的要求,四贵媳妇说,四贵啊,我想把地荒了,陪你学校里。

四贵说,那哪行,我养不活你啊。

四贵媳妇又说,我自己能挣一碗饭吃的,我这是操心你的身体呢。

也是的,那一阵子四贵身体明显虚了,别说邀中,连早上的回笼草也吃得勉强。

四贵那一刹心虚了,嘴上却用怒火掩饰着,操心,操心,你操的哪门子闲心啊。

四贵媳妇当时心里就塌了天,自己,成闲人了,只有闲人才操闲心的。

四贵媳妇当天去了一趟春香家,四贵蹑手蹑脚跟在后边,从门缝里瞅进去,两个女人跟平日没什么两样,依旧打嘴官司,依旧笑着把两颗脑袋挤在一起哈哈大笑,四贵放了心,赶回学校上课了。

四贵媳妇是在晚上跳的北坡崖,四贵赶回来时,春香正在地上号啕大哭。春香边哭边抽自己嘴巴,姐姐啊,我咋这么傻,你说以后四贵就指望我操心了,我咋就没听出你话里的话呢?

四贵最终没让春香操上心。

至死,他都没再上过春香的门。春香呢,也硬气,但凡四贵走过的地方,她必然要绕开,哪怕绕得心里生生地疼。

疼,说到底也是能让人心里清爽的一种途径。

拔　根

过冬至,冻鼻子。

雪下得太早了,在黑王寨历年中都少见。居然真的在冬至那天下了场暴雪,不折不扣地冻了一回人的鼻子。

黑王寨这么多年来的冬至都是很温和的,像个没脾气的小老头儿,但这一回小老头儿使了性子,一把一把地把寒潮搅到怀里。瞅着到了冬至这一节骨眼上,狠狠抖了一把狠,让人们知道,老辈人的话他就是有应验的时候。

四姑婆面对着扯天扯地的雪发了一会儿呆,然后一紧身,回屋上了三炷香,就把头裹得紧紧的,出了门。

听说,得志今天回寨子呢,她得去迎迎。得志当年是她捡的生,把个官做到城里,四姑婆一家得了他不少的迹。黑王寨有点要求人的事,也多由四姑婆出面,怎么说你得志踏进阳世第一个敢打你屁股的人,是四姑婆呢。

黑王寨生孩子,有个不成文的规矩,要接生婆在屁股上甩上两巴掌,甩得哇哇哭的最有出息。得志当时肯定哭了,而且一定是哭得最响亮的,不然后来当了官会有那么大的嗓门?就冲这气势,他都得感激四姑婆一辈子的。

四姑婆踏上雪地里一刹那,还想起了得志小时候的一件事儿。那天,也是冬至,得志在雪地里撒欢儿,被四姑婆捉住了,得志爹娘委托四姑婆照管他呢。

得志噘着嘴巴,说,四姑婆你咋知道我在这儿呢?四姑婆一努嘴,雪地里露出一排脚步来。

得志说,我要是鬼就好了。

得志听四姑婆说过,鬼叫是没有回音的,鬼在光线下是没有影子的,还有,鬼在雪地里是没有脚印的。

为什么会这样呢?

四姑婆告诉得志说,那是因为鬼身上的阳根被拔了。四姑婆还告诉得志,人为什么要讲究叶落归根呢?根说到底是一个人的安身立本之本。

因了四姑婆这番教诲,得志对黑王寨人基本上是有求必应。四姑婆今儿冒雪出门,也是有求于得志的,当然是为别人求。明喜儿子在城里被车撞了,本来还有气的,偏偏那车倒回来又碾了一下,人,当时就咽了气,但一双眼睁得大大的。四姑婆说,他这是死不瞑目呢。

就聚了一众黑王寨的人要上城里喊冤,尸体也没下葬。得志是信访局局长,四姑婆托人给得志带了信,乡里乡亲的,闹到他那儿,大家面情上都下不去。

得志就赶在冬至这天回了寨子,下刀子他也得回,肇事车主是市里一领导的公子。

四姑婆在大槐树下碰见的得志,得志走得很重,咔嚓咔嚓踩着积雪,得志的心思是重的,四姑婆晓得。四姑婆就问得志,车呢,这么走不怕沾两脚泥啊。

得志说,停山脚下了。

四姑婆点了点头,这是得志的通人之处,乡里乡亲的,有些谱是不能摆的。

就一起到了明喜的屋里,明喜儿子尸体还在堂屋里停着。得志按黑王寨的规矩,跪下,先烧纸,后磕头。亡者为大。才不管你在外面是多大的官呢。明喜拉了得志起来,请他到厢房说话,厢房生有火墙,暖和。

得志一坐下,四姑婆就发了话,说,人抓着没?

得志摇摇头,从包里掏出一沓钱往明喜怀里塞,这是人家的赔付金,十五万,你点点。

明喜说,我不要钱,我要他抵我儿子命。

得志说,就算他抵了你儿子命,你也还是一无所有不是?倒不如收了这钱,卖出个人情。

四姑婆不乐意了,拿儿子的命卖人情,黑王寨人就这么贪钱啊。

得志喊了一声四姑婆,就不说话了,意思是让她不要插嘴。

明喜不接钱,说就要他抵命,城里人的人情值几分钱。

得志脸上就有点难看了,得志清了清嗓子,调虽不高却隐了一层威严,城里人人情不值钱,但城里人做事走法律程序,你硬要人家抵命也不是不行,只是你我说了都不算,得法院说了算。

那我们找法院去。四姑婆一鼓腮帮子。

法院？得志冲四姑婆笑笑,您以为法院说进就进啊,得走程序。

啥程序？不就是击鼓喊冤吗？四姑婆一怔,电视上古往今来喊冤不都是这样的。

得志微微一哂,您当演戏玩啊？得请律师写状子,先递交上去,再由法院下传票,双方律师被告原告一齐对簿公堂,多则三年五载,少则半年一年的才有结果,到那时,只怕亡人身上都长了蛆。得志知道黑王寨规矩大,亡人都讲究个入土为安。

话说到这儿,四姑婆一下子白了脸,看明喜,明喜脸一下子也黄了半边。

就这。得志亮了亮手中那一大沓钱,人家还是看我面子才给的呢。

得志这么说完,使劲拍了拍巴掌在嘴边哈了口气说,这天气冻人鼻子呢。

四姑婆心里不畅快,说,冻鼻子总比冻人心好,得志你这事做得不地道呢。

得志不接四姑婆的话,得志说,我得回趟家,我跟爹娘提前打了招呼的,接他们进城去住。

完了得志回转身对明喜说,那老屋就送给你了,算是我对你家的一点心意。己的

得志说完这些,像抖落了什么似的一身轻松往雪地里就走。

四姑婆没动,侧了耳听外边的声音,居然,没咔嚓咔嚓的踏雪声。明喜也奇怪,出了门张望,得志的身影已走了很远,淡淡的,似有似无的只勉强看见有个影子。

四姑婆在堂屋里烧了几张纸,喃喃自语说,娃啊,这事别怨你爹,得志叫人给拔了阳根,咱们是有心无力呢。

烧完纸,四姑婆出门,迎着雪风打了个喷嚏自言自语说,这冬至,咋这么冻鼻子呢。四姑婆边说边抹了一把脸。

疯　子

疯子其实有学名,叫于国海。

人一疯,就没人记得住名姓了,这样的事在黑王寨不稀奇,以往黑王寨也有过疯子,但多是外来的,在寨子里打几天游击,就走了。

于国海算得上是唯一长驻黑王寨的疯子,寨里人不赶走他有两个原因,一是于国海本身就是本寨人,二是于国海的疯是文疯,不打人。有这两条,他也有了在黑王寨安身立命的资本,这样的疯子,在黑王寨多少是受人欢迎的,为啥呢,于国海爱唱呗,唱得热热闹闹的。

我晓事时,于国海已经不叫于国海了,大伙叫他于老善,怎

么个善法,我没有见过,倒是听爹有板有眼地讲过。

于国海打小似乎就晓得自己长大了一准会成疯子似的,所以啊,别的孩子见了疯子不是拿了棍子石头在后面追着打,就是吓得关了门上了闩躲在大人怀里不安地发抖。于国海不,他跟疯子亲近。

于国海的娘生的娃多,顾不上于国海这个小老幺,有一回,娘下地赶活路,于国海蹒跚着翻过门槛,门外,坐着一个讨饭的疯子,于国海就钻在疯子怀里睡着了。

事后,他娘吓得,任谁也晓得那肯定是不轻,要是疯子发了性,于国海还有命么?

想想都可以后怕几年的。

也就是说,于国海的命可以说是捡的了,捡的自然就贱,六岁时的于国海不光是贱了,还犯傻。一个疯子,在他家门外坐着,一般的疯子到了饭点都喜欢在人家门口坐着。

于国海娘蒸了一锅包子,让他在家守着,看到气上来了就退柴火,疯子坐时,那韭菜鸡蛋馅的包子香味正往外窜。疯子喉结滑动了一下,开口唱了起来——小白菜啊,地里黄啊,两三岁上死了娘啊,跟着爹爹过生活哟,不知包子啥模样啊——

疯子边唱边敲着破了边的青花瓷碗,明晃晃的太阳光落在他的碗底,于国海的眼泪花儿一下子被敲了出来,他飞快地钻进厨房揭开蒸笼,小手捏了一个包子跑出来,丢在了疯子碗里,本来他想递给疯子的,但那包子,实在太烫了。

白面薄皮的包子趴在碗里,疯子不唱了,拿眼盯着于国海,猛一下趴在地上磕了一个响头,说,你是大善人呢,不,老善人都跟不上你一丫呢。

于国海用手上亮晶晶的小泡换来一个老善人的称号,他娘

恼了,说这娃,咋这么傻呢?

傻不光是因为给了疯子包子呢,还因为打那以后,但凡见了疯子,于四海一准会啊啊呀呀地唱——小白菜啊,地里黄哟,两三岁上死了娘啊,跟着爹爹过生活哟,不知包子啥模样啊——就这样一直唱到他结了婚生了娃。

说了这么多,你一定明白了,于国海是个好人,却也应了一句古话,好人没好报。

那一年的中秋,于国海疯了。爹是这么讲的。哪一年的中秋呢?我问过寨里许多人,都没人说得清楚,一个疯子的事谁会留意得那么详尽呢?反正大伙都晓得于国海是中秋节疯的。

中秋是月圆之夜,黑王寨的季节,一向来得比外面迟。于国海那天在树上打板栗,板栗炖老母鸡炒仔鸡都是寨里人过中秋节的必备菜,媳妇到寨子下面买月饼去了。只剩于国海背着半岁的孩子在树林里打板栗,打着打着,来了一个疯子,给他板栗吃不要,却说要抱一抱孩子。

于国海犹豫了一下,还是把孩子递了过去,他抱着孩子打板栗,正碍着手脚呢。疯子抱了孩子,坐树下,也唱歌——小白菜啊,地里黄哟,两三岁上死了娘啊,跟着爹爹过生活哟,不知包子啥模样啊——

于国海心一软,回屋去拿包子。

板栗树就在他家屋后,一去一来功夫不长,然而,孩子和疯子,却一同不见了。

跟着当天一起不见的,还有他老婆。事后寨里人分析,那疯子一准是他老婆支使的野男人上寨带走了孩子,不然别个疯子咋晓得于国海听不得小白菜那几句歌呢?

当天晚上,于国海就疯了,一个人在板栗树下打了一夜板栗，唱了一夜小白菜。

跟别的疯子不一样的是，于国海顿顿都能看见包子是啥模样。

文疯的于国海是受人欢迎的，他讨饭吃时神色是恭敬的，一只破了边的碗安安静静蹲在他面前，尽管黑王寨没有闭门吃饭的习惯，但他却始终正正经经坐在门外，认认真真唱着他的小白菜啊地里黄啊。

唯一一次见到于国海发怒，是我十二岁那年的中秋，十二岁的孩子，恶作剧的心思特别浓。

那天晚上，我去偷于国海屋后的板栗吃，外国恐怖片里，月圆之夜，总会有异常现象发生，比如猫妖，比如蝙蝠精，我去时，本来就提了心吊了胆的，结果却看见，于国海正啊啊呀呀抱着一个虚无的东西摇着竹竿打板栗。

我说于老善你抱的啥？

于国海看我一眼，眼一惊，转过了身子，我壮着胆走上前，一扯他衣服，说给我抱抱吧。我想知道他手里那个虚无东西在他心里究竟算个什么。

儿子，儿子，给你抱。于国海忽然将那团虚无的东西使劲往我身上砸，整个人张牙舞爪扑了过来。

月光下，他的面孔一下子狰狞起来。

我拔腿就跑，饶是我跑那么快，几个带刺壳的板栗还是砸在了我的颈上和头上。

混蛋的疯子。只会欺负小孩子。我在娘给我摘头上和颈上的板栗刺时这么骂道。

一向好脾气的娘忽然发火了，在我颈上就是一巴掌，你才是疯子呢，人家于国海几时欺负过小孩子，肯定是你疯得不沾边了。

言语高低

在黑王寨,一个人的言语高低除跟辈分和职权有关外,其他的都基本不相干了,一个人能不能说得起话,就得熬,熬到德高望重,熬到儿孙有为,怎么说都是个指望。

也有不熬不德高望重没职权,言语照样有高低的,谁,你把寨子里人拿梳子梳一遍也未必能梳出眉目来,原因很简单,这人不打眼。

不打眼的人,除了聋子瞎子瘸子还有谁呢,你猜对了,是瞎子,算命的五瞎子。

瞎子嘴里的话,在黑王寨叫给人打铁算盘,铁齿铜牙啊,那言语高低上谁敢马虎?

譬如大老吴。

大老吴过了五十后就一直为五瞎子早年说过的一句话费上了心思,费得连觉都觉得轻了好多。

其实五瞎子说的那句话黑王寨上了点年纪的人都晓得,家里办好饭,田里不用看。很普通不过的一句话。

意思再明白不过,好菜好饭管了人家田地里不用东家操心,人,是知好歹的东西呢。

大老吴费心思,是因为都五十了,大老吴还没像模像样管过寨里人一顿饭,缺了这顿饭,大老吴的言语在黑王寨就没高低过一回,原因很简单,没人拿他的话当话。

当初五瞎子摸骨摸到大老吴手骨时曾说过,你这手,掌不漏缝,叫抓财手,抓金留金抓银留银。抓住了怎么办呢？大老吴急急追问了一句。

简单。五瞎子白眼一翻,家里办好饭,田里不用看。意思是让大老吴要舍得,舍得舍得,有舍才有得吗,偏偏,五瞎子这次不光走了眼还走了手,大老吴倒是抓金留金抓银留银,偏偏抓不住女人,女人来一个跑一个,顺带卷走了大老吴的金银,等于说,大老吴抓了个两手空空。

大老吴不种田,靠捡破烂为生,自然不用看田里,自然不用办好饭。一来二去的,女人都受不了那份苦,另找人家办好饭去了,苦了大老吴,愈发没心思办好饭了。

怎么到了五十又起了这份心呢？有人不解了,其实正常,古话咋说的,五十而知天命。

大老吴都知天命了,自然也知道言语上该高低一回了。

怎么个高低法,就看你有多大的舍施。

大老吴那天早上起来,解开腰间的红布包,那包间有他全部的家当,小二千呢。

办几桌饭,是没问题的。

问题在于,家里办好了饭,他没田去看啊。

田成了当务之急,大老吴就寻思,得整点田,有块属于自己的一亩三分地,那饭才管得值,那言语上才有高低。

大老吴想起来,自己曾有一亩田口粮地的,种了两年,草长得比庄稼深,就抛了荒,后来好像明喜捡去种了。

找明喜要回来。大老吴在五十出头的那天早上,做出了这个决定。

明喜却对他这个决定嗤之以鼻,抛荒地,我花老大的力气整出来的,你一句话就要回去,不嫌言语上太轻巧了吗?

这个言语轻巧激怒了大老吴,他正是想言语上高低一回才讨地的。轻巧又怎么样,大老吴脖子一拧,这可是分到我名下的自留地。

哪一百年的事了。明喜笑,土地都二次承包了你晓得不?大老吴你捡破烂捡破了脑袋啊。

大老吴这才隐隐想起好像真有那么个事,不行,这事得找村主任陈六,二次承包咋没人通知自己呢?

陈六对大老吴还算客气,但言语上却不客气,通知?大老吴你摸摸良心问自己,哪次通知开会你去过?

大老吴不敢摸良心,他只在年关近了陈六通知领救济金才去一下村委会。

你是说,这地我要不回了?大老吴有点气急败坏了。

上了合同的,别说你了,国家都不能轻易收回的。

连国家的话都不大管用,大老吴一下子蔫了头。

回来的路上,碰见明喜,明喜揶揄说,这下头清醒了吧。一大把年纪了,以后再说话,言语上得有个高低。

大老吴受了揶揄,脑子嗡嗡作响,刚要还击,明喜已扛了锹走出他的视线。

那一亩三分地倒撞进了他眼里。

混蛋的,明喜把个田种得比绣花还过细,一亩地里的苞谷棒子,长得招招摇摇的。

没女人侍候了,把庄稼当女人呢这是。大老吴在地里发了一会呆,才往寨下走去,他知道,明喜这么急回家是烧中饭火去了,明喜女人死得早,一人带孩子过,时间就比别人不够用一些,他得送饭去镇上。

对了,趁他不在地里,办一桌饭,请几个闲人来。大老吴眼里一亮。

寨子里闲人有几个,都是家懒外勤的主,吃了大老吴的鸡,喝了大老吴的酒,抽了大老吴的烟,一个个在苞谷地里干得挺欢。

大老吴睡在自家门口的凉椅上,把个抓财手叠在肚皮上,很受用地听得山风中送来的咔嚓咔嚓掰苞谷棒子的声音。

陈六是得了讯匆匆赶来的,陈六说,大老吴你咋明火执仗抢人东西呢?

大老吴慢条斯理的,说我几时抢了?

陈六说地里那帮闲人不是你请的?

大老吴说我就办了一顿饭,啥请不请的。

陈六正要板脸呢,一个闲人回来问大老吴,苞谷棒子堆哪儿?

大老吴看一眼陈六,冲闲人吼了一嗓子,放明喜那儿呗,还能放哪儿?没见人家一人带孩子忙不过来啊。

这一嗓子很冲,言语高低得让陈六这个村主任吓了一跳,也是的,我当村主任咋就没想到明喜的难呢。

水　蛇

水蛇咬一口,活到九十九。

这话很让东志怀疑他的可靠性,因为打东志晓事起,就没看

见谁为活到九十九让水蛇咬一口，看来古话是当不得真的。

东志向来怕水蛇，结了婚后，更怕了。

这得牵扯上他的老婆小满，小满年轻时腰身好，走起路来腰肢那么一拧，水蛇似的，大伙就戏称她是水蛇嫂。小满其实很会做家，只是把个家做得太狠，左邻右舍亲朋好友连她家蚊子翅膀大的便宜都讨不上一星半点，人缘就差了许多。

人缘一差，脾气就大，动不动像水蛇样嗤着舌头训东志，刻薄得不行。

好在，东志晓得亲热人，脾气也特好，走在寨子里才能好好歹歹迎着张笑脸样，缘于这，东志就活得很没点男人样子，用寨子里埋汰人的话来说，叫枉披了张男人皮。

东志有时会望着小满的水蛇腰想，我要是条水蛇多好，到蜕皮时换他一身真男人皮，不就活出男人样儿了。

这一想吧，就想到儿子长大成人了，东志那身皮还没蜕换掉。

东志这会儿蔫蔫走在回寨的路上，小满的水蛇腰气呼呼扭在他前面。

不用说，东志的脸面又被水蛇嫂嗤伤了。

凭什么呀。小满气哼哼的，当她闺女金枝玉叶啊，要了金要了银，还要数码相机，当我们一家是猪脑，凭她摆布？

两人刚去了未来亲家那儿，亲家母是了名的笑面虎，本来按寨里规矩，金啊银啊的柜啊冰箱，彩电的都全了，偏偏末了，人家笑模笑样地加了一句，这年头都讲与时俱进，咱们是不是也先进一回，给娃买台数码相机吧。

小满当时就绿了脸，一台数码相机大几千呢。

启金见小满脸色不对，急忙说，咱们回去再议议，议好了给您答复。

小满终究没闹起来，也是的，亲戚都要结成了，为台相机伤了和气太不应该。

小满显然咽不下这口气，出了门，恶狠狠吐出一口浓痰，说，还数码的，我看数你妈才是呢，两个娃都钻一个被窝了，你不怕老了葫芦我还怕老了南瓜。

这话有来头，南瓜越老越上粉，葫芦老了两张瓢，寨里人都守着这么个理，男女间一旦有了那事，男方就占主动了。

小满回到家第一句话就是，拖，拖她个一年半载的，到时候孙子媳妇拖儿连母进门，怎么也能赢个双喜临门。

从镇上回来的儿子顶了一句，你们不做人，我还想活张脸呢。

小满火了，自己送上门的媳妇，你才是玩了个总人，扳着指头数数，黑王寨谁有这脸面。

偏偏，笑面虎不打算给水蛇嫂这脸面，隔半个月就上门了，也不进屋，只在门口丢下一句话，明儿数码相机再不提回寨子，我让娃上卫生院。明摆着威胁人呢，上卫生院自然是做人流了，小满张大的嘴里舌头第一次没嗞出声来。

东志见笑面虎走了，挠挠头皮说，要不我去赊一台回来吧。

赊了你自己去还。小满恶狠狠的，想挖我的养老钱，门都没有。花说到这份上也没商量的余地了，东志只好闷了头出门，漫无目的在寨上逛。

开春了，上寨里看映山红的人多了起来，一对一对的胸前挂着的可不都是数码相机，要能捡上一台，多好。

东志这么胡思乱想着上了北坡崖，一根接一根抽闷烟，正午时，崖上有点热，东志就往荫凉处挪了挪屁股，忽然一条水蛇从

草丛中蹿出来,冷不防在他脚脖子处咬了一口,东志恼了,这老婆欺也就罢了,你个小东西也欺负人?就跳起来追赶。

在一条大夹沟边,小水蛇嗤一声没影了,夹沟的草深,东志气呼呼地拔了一把草,拔完了又好笑,真不成要拔草寻蛇啊。寨里人不笑掉大牙才怪。

蛇没有,一个小巧玲珑的家伙银光闪闪地刺了他一下眼,乖乖,真是一个数码相机呢。一定是那些玩疯了的青年男女弄丢的,有好几次,东志看有人成双结对钻进大夹沟里了。

肯定是偷情偷忘了形,丢了也不好回来寻的。

东志把相机藏在身上,一扭一扭往家走。

小满眼尖,见东志不得劲,问,咋啦?

东志说,叫水蛇咬了。完了把脚脖子伸到小满面前。

我问的是你腰里?小满冷不丁一吼。

东志就乖乖从裤腰里面掏出了那部小巧玲珑的数码相机。

你真赊了啊。小满说,有你这么惯亲家母的吗?

捡的,你小点声。东志说,咱等儿子回来,让他根据里面的照片找主人,多少人家会给点报酬的。

主人?主人这会儿是我。小满喜滋滋的。

那怎么行,东志急了,好几千的东西呢,拿了咬手。

又不是偷的抢的。小满说,这是老天爷送的,晓得咱家缺这物件。

东志眼巴巴望着老婆,说真的不行呢,要遭雷打的。

小满火了,遭雷打也比绝了后强,你不想要孙子了?

东志伸出的手就缩了回来。

小满在东志脸上使劲咬了一口说,放心,雷不会打你的,没听人说啊,水蛇咬一口,活到九十九,遭雷打能活九十九啊?

东志没话了。

媳妇是在五一那天接进的门,坐完龙凤席,媳妇拿出相机说,爹妈你们站好,我给你们留个影吧。一阵银光闪过,东志的双膝不由自主抖了一下。

打那以后,东志走着走着,双膝总会没来由地抖那么一两下,别人问他说,东志你是咋的啦,都五十的人了走路还抖个啥,没一点正经?

东志一般不答话,问急了,一贯好脾气的他会突然吼上一句,我被水蛇咬了,精神头儿足,抖抖不行啊。

闭眼菩萨

女孩槐花是过了二十才胖得有点不像话的,尤其是在黑王寨这样的乡下。

胖已经不讨人喜欢了,她还特闷生,自打那个摄影的男孩吃了水上漂再没回来后,她动不动一双眼眯起来,本来就一对篦片眼,这一眯,跟闭眼没区别了。

老话咋说的?不怕瞪眼金刚,就怕闭眼菩萨。

瞪眼再怎么着是眼中有物,万事有得商量。

闭眼就显露着目中无人,别指望对牛弹琴了。

她娘就活得没点底气,当然是在长成大姑娘后,这样的姑娘,是愁嫁的。黑王寨的人,穷日子过怕了,都一厢情愿地以为,槐花这样的身材,是吃出来的。

乖乖,吃成那副模样,得多大的家当。好多人在掂量了自身的家当后,得出这样一个结论,这样的姑娘,白送也不要,不是不要,是要不起,要了养不起。

其实,冤枉人家槐花了,槐花饭量小,小得不过一个三岁孩子的饭量,胖是老天爷给的,能拒绝么?

娘一赌气,养不起是吧,我自己养了你们看看。于是,槐花就成了黑王寨第一个老姑娘。

也不老,才三十刚到。

这老是用黑王寨的土话来衡量的,人过三十无少年。自然不属于嫩的行列了,但槐花觉得自己还嫩着,不光嫩,还鲜。

槐花之所以觉得自己鲜,是因为她绣得一手好鞋垫,要搁早些时候,会绣花的女子是心灵手巧的代名词,会有络绎不绝的媒人上门踩破门槛。

眼下,不时兴了,槐花就算绣出花儿朵儿引来蝶儿蜂儿又如何?门槛依然没半个屁股落下来。

槐花还是天天坐在家里绣,先在鞋垫上绣,再在衣服上绣,末了闲着无事,竟发奇想在棕叶上绣。

用的是棕丝,好玩归好玩,浪费钱买丝线绣,不光娘不允许,槐花自己也不允许,败家婆娘的做法呢,那是。

有好事人见了,笑,说,槐花你这棕绣绣得好啊。

胖墩不说话,冷眼打量着。

好事人果然嘴里没好话,这花绣得青枝绿叶的,厚实啊。

胖可不就是厚实?满以为槐花会生气的,孰料槐花眼一眯,不理他。

好事人便没了辙。讪讪着走开,不过却顺手捎了一把棕叶绣成的图案,好事人没打算带回去欣赏,不过用它赶一赶牛身上的苍蝇倒也趁手,不花钱的东西,不心疼。

娘也生过气,娘说,你有那闲情,多把棕叶扎几把蒲扇,反正是动针动线的活,好歹能换几个钱呢。

槐花眼一闭,往床上一躺,把棕叶上绣的一只喜鹊盖在自己脸上。

娘变了脸,就你,还想喜鹊登梅?难不成还惦记那个城里小子,做春梦也不挑挑日子?

槐花不挑日子,依然在棕叶上绣喜鹊登梅,绣龙凤呈祥,绣鸳鸯戏水,一色的喜庆图案。

秋风快起了呢。娘愁着望一眼槐花,槐花依然忙活着,不见一丝愁的迹象。

老天爷饿不死瞎家雀的。槐花在一个秋高气爽的日子说。

娘听得一怔一怔的,瞎家雀也得下地觅食啊。

槐花冲娘笑,说我是云间雀呢。

娘就目瞪口呆看着自己养大的这只云间雀出了寨子,槐花不是第一次出寨子,她差不多隔三岔五都要出去一回,还带着那些棕绣的玩意。

以前在黑王寨,有这么个风俗,逢个节日啥的,会女红的姑娘会三五人扎堆在集上摆开架势,亮一亮针线,无非是想讨个家境殷实的人家,借此传名,眼下都兴电视征婚了,谁还中意这个啊。

娘叹口气,槐花三十了呢,要说一个女的到了这年龄段,心里是不可能没点啥想法的,猫都晓得叫春的,何况是人,总不能学动物冬眠吧。

这一回,槐花却没有冬眠。

而且有点招摇,上了电视,上了报纸。

娘是在晚上看电视看见的槐花，当时槐花正在她旁边慢条斯理眯着眼喝一碗小米粥。

喝一口，看一眼电视。

娘觉得奇怪，娘知道槐花不待见电视，因为电视上动不动就卖减肥茶，动不动就是一群白骨精扭着小腰说什么，刷的一下就瘦了。

娘就也扭头看了一眼电视。

就一眼，娘傻了，她的槐花跑电视新闻里了，好多人围着槐花，确切说是围着槐花手中的棕叶绣，槐花眼里亮晶晶的，有神采在里面闪烁。

不就棕绣的图案么？不稀奇啊。娘说这城里人咋像没见过世面似的，说是什么民间工艺。

民间工艺，想都不敢想呢，多吓人的词。

还说槐花是艺术家。更不敢想的事。

那是娘的槐花么？娘用筷子捣了下手背，疼，娘又用嘴使劲喝了口热粥，烫。

娘说，槐花是你吗，你是娘的槐花吗？

槐花的篾片眼里眨了一下，不说话，只顾低下头垂了眼喝粥，喝出稀里哗啦地声响。

娘说你这孩子，真拿你没办法，咋就生成个闭眼菩萨。槐花还是不说话。

娘不吃饭了，扑到神柜前升上三炷香，娘咚咚咚连磕三个响头，娘说菩萨祖宗唉，你们终于开眼了，我家槐花飞上云端了。

槐花悄悄放下碗筷回屋，把身子平放在床上，娘上完香进来，看槐花，槐花这回没闭眼，一串赶一串泪花正酣畅淋漓往外蹿。

到底是女孩家的,面嫩。娘在心里笑了一下,三十岁的女人在黑王寨很少这么个哭法。

四爷引雨

大旱不过七月半。这话,经得住推敲。

打开春黑王寨第一声蛙声响起,四爷就发了话,今年年成差呢。怎么个差法呢?有后生问四爷。四爷不正面回答,捋一把胡须说,听蛙声呗,叫得湿漉漉的准是大旱。一般大旱年月,是春上缺水,下种难,好不容易补齐了苗,一进六月又暴雨连连,把土都能刮走三尺呢,苗的根能扎三尺深吗?不能。

这话说真也真说假也假,老天爷的事,谁敢当家,就凭几声蛙鸣?有后生摇摇头,表示不信。

不信归不信,但蛙声确实比天上的云层厚,开春以来,黑王寨仅下了几场很不像话的雨。如同调皮捣蛋的孩子,冷不丁挨了娘一扫帚,刚要假模假样的嚎几声,一扭头,发现爹手中正在寻鞭杆,急忙就把泪水收了回去。

四姑婆和四爷单开着过,四姑婆随幺儿,四爷跟了二儿二柱,幺儿三十岁了媳妇才开怀,贵气呢,里里外外缝补浆洗的活计得四姑婆去做,四爷一个大老爷们,做这些,不合适,真做了,是公公给媳妇捋裤子,费力不讨好。

四爷就下地,给二柱做些扫尾的农活,说是扫尾,其实顶一个劳力呢。黑王寨的老人,能伸胳膊动腿的就不会闲着。

果然天就一直旱着,北坡崖下的冲田再一次尝到了缺水的滋味。

四爷不急,开春蛙声一鼓噪,他就多买了五只羊,羊不怕天旱,有草根上的水分舔就不会渴死,何况,坡崖下总有泉眼无声细细流着的。

北坡崖的草,以夫子蔓、老鸹枕头、芨芨草居多,在药铺里,这些东西也常见,比蛙声更常见。四爷就在蛙声中将它们从地里拔出来,送到羊嘴里,羊的身子一天天肥实起来,肥实得令四爷差点忘了年成的好坏。

四姑婆不能忘,幺儿的几亩地全都耷头搭脑的,像幺儿在媳妇面前,没半点精气神。四姑婆就念叨,都五月底呢,咋还不见老天爷撒泡尿呢?

四爷早上赶羊上山时,四姑婆正坐在门槛上苦着老脸看天,四爷停了脚步说,老婆子,苦啥脸呢,看见我的羊没?

四姑婆看了看羊一瘪嘴,我说老天咋不下雨呢,你不晓得喂一群黑羊?黑压压的一晃动,没准就把乌云引来了,有了云还怕引不来雨?

四爷的羊全是白羊,四爷就笑,就怕乌云一来,你的脸会拉得更长。

四姑婆鼓了眼问,怎么个讲究啊你这话?

四爷侧了耳朵听蛙声,说走暴也就在这几天,你注意好自己的风湿腿,入了冬我把羊宰两只,给你做羊毛裤。黑王寨的山风硬,一到年下,四姑婆的腿就嘘嘘的挪不动步,像有蚂蚁在里面爬。

四姑婆说,你要真有心,走暴前就杀一只,你幺媳妇这几天要临月了,羊肉大补呢。

那皮咋办呢？夏天羊脱毛,给你留了也不挡寒啊。四爷有点为难。

有你这份心我就暖了。四姑婆鼓着的眼松开来,再怎么说有毛总比光腿强吧。

四爷把目光在四姑婆腿上停了一会儿,没说话,转身去追羊了。

雨是在傍黑哗哗倒下来的,那会儿四爷已把羊归了圈,正磨刀呢。他准备把那只领头的公羊杀了,几只母羊怀了崽,杀不得的。

四爷刚把刀插时公羊的脖子,血水就和雨水溅了他一身,四爷没歇手,一个劲地刮皮,剖膛,下蹄胯,清内脏。

他得赶在天黑定前把羊肉送到幺儿家去,至于皮,还得用药水泡二夜处理一,才能给四姑婆递过去。

四爷是在风雨中淌到幺儿家的。

幺儿两口子正在堂屋里敞开门看雨水,四姑婆不在,四爷把羊肉卸下,问,你娘呢？

幺儿晃了一下头,才发现娘不在家,扭过头问媳妇,咋了,娘还在山上？

媳妇嘴一噘,她一个大活人,在哪儿我晓得啊。这话不受听,四爷恼了,家里喂个猪啊鸡的不回来也该打个张找找,你们倒好,亏娘还惦记给你们讨羊肉吃。

甩下这句话,四爷一低头扎进了暴风雨中。任凭幺儿在后面怎么叫也没回头,四爷是有脾气的人。

四姑婆被雨隔在了北坡崖下躲雨呢,山坡寒气一到晚上就重,四姑婆上山时穿得单,被骤雨一激冻得牙巴骨打架呢。四爷把四姑婆背下的山,四姑婆的身子骨禁不起雨迫,当夜就起了

病,说起胡话来。

四爷回到家,不说话,抓紧时间用药水硝那张羊皮,羊毛裤做不成,赶一对护膝是可以的。四姑婆这病起得不是时候呢,五月二十七,单日子。黑王寨有句土话,男怕三六九,女怕一四七,只怕打不过这个夏天,快七十岁的人了呢。

老天爷是第五天露的笑,四爷就着太阳把皮晾干,然后到集上请裁缝加工。

也就大半天工夫,回来时,碰见寨下的大老黄,大老黄忧心忡忡地,老哥,这蛙声咋越叫越急了呢。

四爷脸一黄,果然,蛙声像一张经纬细密的网,覆盖了炊烟不说还覆盖了山风捎来的声息,四爷耳朵贼,从蛙声中捕捉到几声哭泣,是幺儿的。四爷手中的羊毛护膝一掉,人就弓了身子号嚎大哭起来。

大旱不过七月半呢?四爷一嚎,蛙声突然弱了下去,跟着乌云再次压过头顶,雨又顷盆般哗哗倒了下来,四姑婆说的没错,雨被四爷引来了。

顶　红

黑王寨在平日里是看不出什么来的,只是偏僻,一味地偏僻,偏僻得连山上的雾都显得没一点新意,又到了夏末,黑王寨的色彩一艳,果香一飘,整个山寨才显得活泛起来。

光活泛不算啥,关键在于生动,而让山寨生动的,除了蝉鸣蛙叫,鸡叫狗吠,当然得数那些十六七岁的大围女了,暑假里,女孩子全回到了山寨,山上那些硬扎扎的槐枝因为这些女孩子,也温软了许多。

女孩子间最打眼的,当数小露,小露人样子生得齐整,爱撑了小花伞在果树林里穿行,这是中午。早上小露多数背靠一棵果树在石头上温书,凉沁沁的石头,很让人生出怀旧的感觉,可惜小露还小,没什么旧值得怀的。

她是替哑巴爹看果树呢,五十多棵苹果树,是她家的大半家当,可不敢马虎。

不是防小偷,寨子里的孩子虽贪嘴,但不至于偷,黑王寨的大人对孩子,虽然宠,但绝不惯。一旦发现谁手脚不干净,都是一个方法,用柳条抽手掌,抽到肿得发亮让你不敢在人前亮出手来,看你二回还起贼心不?

小露守果树,是做个样子,赶鸟雀,鸟雀馋了,啄几口苹果,轰一轰,不走,小露也只能干望着,她不可能折根柳条去抽鸟的翅膀吧,也够不着啊。主要是等小商贩,有人来买,回去叫一声爹娘,来讲价,来看秤,爹娘要下地,硬抽一人守着果树,耽搁不起这工夫。小露就顶这个空,算是给爹娘分担点活路。

日上三竿时,小露靠着果树在碎花树荫下刚打了个盹,一个童音把她吵醒了,爸爸,苹果,我要吃。

小露懒洋洋睁开眼,一个城里模样的孩子正踮了脚伸长手去够低处枝头上的苹果。

别。顶红一句话没出口,那个苹果已到了孩子手里,孩子很顽皮,冲小露一扬苹果,别什么?怕我不给钱啊。

孩子的爸爸正拿手绢擦眼镜片上的汗气,急忙呵斥孩子,说,怎么这样没礼貌,招呼不打就摘,这叫偷呢。

小男孩顶嘴说,《少年闰土》上说了的,过路人渴了,摘一个吃,不算偷的,人家那可是大西瓜,这样的小苹果,更谈不上偷了,你说是吧,大姐姐?

小露被小男孩的伶牙俐齿逗得发笑起来,我可没说你偷啊。

小男孩一下子得了理,不算偷你还叫我别,别,别什么?别是不舍得我摘一个吃吧。

他爸爸冲他头上敲了一指头,有你这样的人吗,摘了人家苹果还强词夺理。

小露忍住笑,那你吃啊,别说我不舍得。小男孩张开口就咬,跟着把苹果一吐,酸死了,苦死了。小露就笑,我让你别吧,你说我是别不舍得,告诉你吧,这会儿想吃苹果,得摘树梢上的,向阳的苹果才刚熟,你摘树枝下的,看起来熟了,其实里面又酸又苦呢,信了不?

小男孩爸爸接过苹果,嗅了嗅,又拿眼凑拢来,去看树叶。

小露就搬梯子,给小男孩摘树梢上向阳的苹果。果然好吃,小男孩吃得满口生津的。

小男孩的爸没吃,把个酸苹果拿在手里反复把玩,完了一推眼镜对小露说,你这果树发了虫呢。

是吗?小露说,难怪今年果少了不说,还瘪头三歪的。

黄粉虫,蚜虫,还有蜡象呢。你看。小男孩爸摘下一片树叶递给小露,得提前就防一防的。

防就得打药。小露撇了撇嘴,我爹说了,现在打药,就不是绿色食品了,果皮上有农药残留,人吃了会生病的。

小男孩爸点了点头,说也没什么大碍,果实都快熟了,你喷雾时打药水兑轻点,往叶面上喷,今年先控制住,明年及早防治,开花时打药,就没什么残留了。

开花时，打了药啊。小露说我爹用乐果打的。

乐果不行。小男孩爸想了想说，用顶红啊，药物残留轻，进口原药，能快速杀灭刺吸式口器害虫的。

小露嘴一张，什么，用我？

你叫顶红？小男孩爸也张大了嘴，咋起个药名？

巧了。小露说，药跟我一个名，我学名叫李顶红。

是巧了。小男孩爸开玩笑说，难怪黑王寨的苹果抢手呢，原来有你这顶红在防虫害啊。

小露就笑，要我真能防虫害就好了，后寨四大爷家的梨园今年被虫害整得跟歇了枝似的，还有三贵叔的桃园，春上也只卖了不到一半，全发了虫，打了几遍乐果，都不见效。

是吗，太可惜了。小男孩爸又一次推了推眼镜，你们寨牛二的枣树呢，怎么样？

咳，又发虫了。听娘说，明年牛二伯要将枣树全毁了呢。小露叹了口气。

那你想不想学习果树防虫害技术啊。小男孩爸望着小露说，老套的药物防治早过时了呢。

学，哪儿学啊？学校又不开这门课。小露噘起嘴巴，我暑假要帮爹娘守果树呢。

小男孩爸扎下脑袋想了想说，这样吧，从明天起，我每天上午带儿子进寨来玩，教你技术，怎么样？

你，教我？小露一怔。不怎么相信地看着小男孩的爸爸。

对啊。小男孩一拍他爸屁股，骄傲地说，我爸爸是县农业局鼎鼎有名的果林专家呢。

是吗，太好了。跟您学了技术，那我不成了真正的顶红了，有多少害虫杀死多少害虫。小露高兴得一蹦三尺高说.

就是要你成真正的顶红呢。小男孩跑过来,一跃搂住小露的脖子说,那样我明年来就可以吃到真正的无公害水果了。

刁民牛二

穷山恶水出刁民。这是集上人不喜欢黑王寨人的一个理由,当然是很牵强的一个理由。具体到人嘴里,话就落到了实处,刻薄点的集上人一句话能把黑王寨人噎个半死,那破地方,也是人待的地方吗,屙泡屎都不长蛆呢。

事实上黑王寨的水土也养人,长蛆的地方就一定好吗?粪坑里蛆多,莫非你们集上的人喜欢住在茅厕边?这话回击得很有杀伤力,集上人脸上那点傲气就慢慢消了,尽管心里或多或少有那么些不屑。

因为这么一诋毁,寨子里的人把日子反而过得风生水起的,赶集时总昂着头,闭着嘴,一副受不得车水马龙喧扰的样子。集上人也爱理不理的,跟寨里人做买卖,均用手指头讲价钱,在袖子里捏一捏,彼此心下有数,成则交,不成拉倒,不费半句口舌。

倒不失为一种古风,难得。有外地人来了,往寨子里走一趟,出来就一脸的欣喜,眉飞色舞向同伴炫耀,世外桃源呢,那地方。

桃源不桃源,鬼才晓得。集上人听了眉毛拧成结。这个桃源是有所指的,说的是开山货店的牛二,牛二是黑王寨人,但他自己却比集上人还集上人。

黑王寨人赶集来,他俨然一方领袖,怎么说寨里人怎么办,哪个集上人如此风光过,集上人背地里都送牛二一外号,刁民。

最先喊出来的是屠户大朱,大朱操杀猪的营生,短斤少两倒也罢了,还专买便宜猪杀。

便宜无好货,自然都是病猪瘟猪,黑王寨的猪不吃饲料,肉香,入口正,吃一块,能让人唇齿留香。集上人诋毁黑王寨的人,但不诋毁黑王寨的猪,吃上一口,是福呢。不年示节的,黑王寨人是不动刀子杀猪的。

大朱就打牛二的主意,兄弟,我出跑腿钱,你给我回寨里弄头猪来。

牛二笑,跑腿钱,说得轻巧,你当黑王寨养的猪卖啊?那是留着自家吃的,待客吃的。

待客可以下寨子割新鲜肉啊?大朱说,自家一头猪吃得完吗?

吃不完腌着。牛二斜一眼大朱,自己养地吃着踏实。

大朱就不说话了,心里暗骂一声刁民,愤愤然走了。他知道,牛二影射他卖死猪病猪肉的事呢?

再有集上人割肉,问大朱,有黑王寨的猪肉卖吗?大朱就把割肉刀往肉案上一扎,要吃黑王寨的猪肉啊,先吃了牛二再说。

集上人说话都会拐弯,集上人听话都会听音。

一琢磨,晓得是牛二坏了他们的口福,就忍不住吐一口痰,穷山恶水出刁民呢,这是。

写到这,你千万别觉得牛二会叫冤,其实才不呢,牛二没思思管这些,他的山货铺每天做不完的事,闲话没工夫挤进他耳朵里。

裁缝铺四姐的娃让开水烫了,要经冬的雪水配老黄瓜水泡了抹,找谁呢?牛二啊。黑王寨的人家家都有治病的单方,只一个话递上门,牛二就日一声骑摩托车上山了,比医院的药差不了哪儿去。

乡长的婆娘心口疼,动不动犯晕,要刺猬的心和老鹰的肝配了泡酒,还是牛二,日一声摩托车上了山,费尽周折再下来,隔天就没看见乡长婆娘捧着心口走路了。

却没见收一个跑腿钱,牛二只一句话,谁家没个求人的时候呢?又不是花钱买的。这话不掺假,黑王寨的单方,家家都有一两样,没了,上家里讨,还兴给要钱,以后不打算抬头做人了啊。

真让牛二刁民了一回的,是另一件事,寨子里四爷养了一盆兰草,金边的那种。带到集上来,不是卖,是觉得吧,好东西应该大伙过过眼,过过手,这也是寨里的规矩,好东西绝不藏私,四爷不知道,他这兰草,是虎爪兰,名贵,要出了国十万二十万都有人买。

四爷只是钟爱它,至于值不值钱,四爷没理会,乡长婆娘却理会上了,请人带哄连拐地给弄上了手。

牛二很不平,上门替四爷讨。

乡长婆娘做出无辜样来,一盆野草,我会看上眼?我院子只长牡丹的。这话很有余地,牛二的脚停在了乡长门外,没敢进去,人们屋里只怕也不会接待他一个山民。

牛二骂了一声,兰是花中君子,只怕和你这俗人相克呢?

克死我也不与你相干,行啵?乡长婆娘哪曾受过这等奚落,不就喝了点你送的刺猬心和老鹰肝泡的酒么,一嘴子土腥气呢。最近没犯过头晕的乡长婆娘很有气势地将没喝完的药酒塞进了牛二怀里。多大的人情似的。乡长婆娘丢下这句话后不再理会牛二愤愤然关上了门。

牛二揣了药酒,望一眼乡长的家门,掉头就走了。

半夜里,牛二被敲门声砸醒了,乡长可怜兮兮地站在门外,快点,求你的药酒,我婆娘病又犯了。

犯了好。与我什么相干?牛二骂了句,活该,回头闭上门关了灯,不理乡长了。

乡长站在门外,孤苦无援地仰天哭了起来,正哭呢,听见摩托车响,一回头,却看见牛二家的后门口正亮着车灯,寨里人有规矩,送药要从后门送出来,若走前门,对主家不利的。

乡长涕泪交加,冲过去给了牛二一拳头,你个混蛋的牛二,还真是个刁民呢。

黄洛夫斯基

西游记里常说,山高必有怪,岭峻却生精,这话要搁在爱顶真的黑王寨人眼里,是不能深想的,一深想吴承恩的文采就会大打折扣。

为啥呢?黑王寨山不算高,岭不算峻,不也照样出了一个精怪,精怪是谁?你要在黑王寨随口这么一问,所有人的手指会齐刷刷指向一个人,喏,就是他,黄洛夫斯基。

果然,黄洛夫慢吞吞从树丛中踱着方步走来了,在黑王寨这样闭塞的山村,踱方步的人应该说是能让你吃上一惊的。

且慢,更让你吃惊的是他的一身行头,若是夏天,他必是背带裤,蝴蝶结,短衬衣;若在冬天。则是唐装,配灯芯绒北京布鞋,鞋上还绣有一朵不甘示弱的暗花。

千万别以为你眼前产生了幻觉,严格地说,黄洛夫斯基曾经辉煌过。这年月,曾经是个令人英雄气短的词,但黄洛夫斯基却口口不离曾经。怪人不是?

黄洛夫斯基的曾经一直令人无法考证。一是他曾经去过苏联,二是他曾经进过北京某声名显赫的歌舞团,三是他曾经犯过作风错误。

曾经去过苏联他的名字可以佐证,当年苏联一直是新中国人民的老大哥,他们一切的一切都为国人所向往,接受。那首《莫斯科郊外的晚上》,还有什么《卡秋莎》等等都让国人耳熟能详。苏联的艺术家大都叫什么洛夫斯基的,我们的主人翁热血沸腾之下,也给自己改名黄洛夫斯基,至于爹娘挖空心思取的名字纵然能想起来也是那么遥远了。

既然曾经去过苏联,进北京某歌舞团也就顺理成章了,黄洛夫斯基在器乐方面还真有点不含糊,小提琴能捣持,黑管会吹,军乐鼓可以摆弄,长号短号也都呜里哇啦能跑出个调调。记得黑王寨人第一次看电视时,电视上放交响乐,黄洛夫斯基冲画面一指,那儿,那儿,那儿就是我拉小提琴时常坐的位置。那儿的画面一晃就过去了,人们只看见台上的指挥拎着根小棒在台上发了羊角风一样抖来抖去,抖上抖下地摇晃着身躯。

黑王寨的人都笑岔了气,说黄洛夫斯基你就在歌舞团是玩羊角风的啊。

黄洛夫斯基脸上一虚,这羊角风他还不够格玩呢?要真有机会玩一次,才不枉洛夫斯基这一艺术家的名字。

其实,要不是黄洛夫斯基曾经犯下的作风问题,他倒真有可能上台拎起小指挥棒,让交响乐的旋律跟随他身体的热血沸腾的。

所谓的作风错误,不过是他摸了一下团里一位女小提琴演员的玉手,女演员玉手虽柔若无骨,但脑子却有主心骨,哭哭啼啼找上团领导,那可是个男女之大防甚严的年代,得,黄洛夫斯基就被下放到了黑王寨。

当时,人是灰溜溜来的,大队支书问他,叫什么?姓黄。黄洛夫斯基捋了捋长发,名洛夫斯基。

啥,懦夫司机?大队书记冲上面的发牢骚说,黑王寨好不容易来个司机吧,还是个懦夫,我们白养啊。

这笑话一讲就是几十年,书记都入土化泥了,却还被黑王寨人们常常提及。

正是这个黄洛夫斯基,让黑王寨在农业学大寨威风成了全公社的一面旗帜。

农业学大寨,光行动不行,还要锣鼓喧天的造声势。

黄洛夫斯基找到县里文化馆,要借声乐器材,农民兄弟来借点东西,是馆里的荣幸呢。那时候,农业学大寨是主席的号召,谁敢不响应?

居然就让黄洛夫斯基坐着寨子里的牛车借回来了。

黄洛夫斯基的艺术才干就是这回显示出来的,十多个黑王寨的半大小子,半个月工夫被他一调教,居然能走方阵,能敲打出像模像样的义勇军进行曲来。

万人会战那天一亮相,黑王寨人脊梁挺直了好多,黄洛夫斯基昂首挺胸,手中的小棒挥得,啧啧,劲呆呆的。逮逮是黑五寨的方言,.神气透顶的意思。

黑王寨破天荒地上了公社的广播,上了县里的报纸。

黄洛夫斯基再出门,也开始有人奉烟了,也开始有人敬茶了,但黑王寨的女人们却不理会他,一个发羊角风的男人,理他

干啥?

黄洛夫斯基就这么憋屈着在寨子里长吁短叹过日子,万人会战不是天天有的。

黄洛夫斯基的方步踱得自然是越来越压抑了,压抑归压抑,眼神里却有一种亮晶晶的东西,让寨子的孩子们欢喜。

孩子们一见他,黯淡无光的脸膛就写满了欢喜,一个个神呆呆的,神呆呆的背后,你如果足够细心,能听见孩子们内心世界涌动着义勇军进行曲的旋律。

上　香

家有隔夜粮,不去把枪扛。四谷婆点燃三炷香,冲幺女大凤说,你是黑王寨第一个考出去的大学生,找个当兵的当男朋友,不嫌害臊!

大凤不理解,找个当兵的咋就要害臊呢?

四姑婆说,不是害臊是啥?你不老嚷嚷不能降低消费水平吗,依我说,你这就降低消费水平了。

大凤哭笑不得,自己发第一份工资时给四爷四姑婆一人买了件羽绒袄,四姑婆嚷嚷着说她乱花钱,她开玩笑说的不能降低消费水平的话,这会被四姑婆搬她头上来压她了。

大凤就一噘嘴巴,不说话了,拿脚在地上画圈圈。

四姑婆说你等着,我上香请王母娘娘给你化解了他。在黑王寨,四姑婆最会上香,上的香也最有说服力,当初她和四爷赶集时捡到大凤时,大凤像只猫,只肚子里偶尔一鼓一瘪的喘气,小嘴都哭不出声音了。

四爷说,这娃一定不足月吧,要不人家会丢?黑王寨有说法,养七不养八,意思是不足月的娃儿难养大。

四姑婆当时就生了两个小子一个丫头,还欠一个丫头欠得眼发红,一横心,抱了娃儿回了家。难养我也要养,没准以后能伸个远脚呢。黑王寨老辈人把走闺女家叫有个伸脚的地方。

抱了回来,四姑婆偷偷找了算命的五瞎子,没个生辰八字的娃,五瞎子的铁算盘打不响,五瞎子就使劲翻白眼珠,末了拐杖一点,说上香吧。

完了口中念念有词道,天生王母在西方,菩萨心肠她最强,普度众生职权内,每日清晨上炷香。

上香只求保平安,别的四姑婆也不指望,虽说四姑婆也能过阴,但对来路不明的娃,四婆就只好求天上的神了。

居然给四姑婆一泡屎一泡尿养大了,还上了学,考上了省城的大学府,真的能伸个远脚呢。四姑婆的香一下子在黑王寨有了说服力。

大凤很好笑,等四姑婆从蒲团上爬起来净了手,大凤说,妈你真是的,上香要真管用,国家还要当兵的干啥,你请天兵天将下来保江山不就成了?

四姑婆嘴动了几动,找不出过硬的理由来说服大凤,就耍赖说,你别管,这香一上,保准你就忘了那个兵。

能忘才怪呢。大凤的男朋友是个武警兵,那晚大凤在书吧呆晚了回学校碰上两歹徒,幸亏那武警兵给救了的,忘恩负义那还叫人?要能忘了他,大凤也能忘了四姑婆。

可惜,跟四姑婆说不清楚这些,大凤就不说了。她这次回黑

王寨是有工作在身的,作为省城一家报社的实习记者,她随单位的车回乡采访灾情。

今年的暴雨给大凤所在的县城造成了相当大的危害,几万人受困呢,黑王寨山势高,水患倒是暂时没威胁。

但泥石流,山体滑坡却不得不预防的,大凤回来,就是动员寨里乡亲要时刻保持警惕的。

四姑婆净完手,喝上一口弹了香灰的圣水,说警惕你自己终身大事吧,山体滑坡,笑话,山神爷护着呢,我一把年纪了没见过滑坡呢。

大凤没时间多待了,她冲王母娘娘像鞠了一个躬,心说,要真有神,您保佑黑王寨在暴风雨中不受侵害吧。

完了她匆匆背着相机下了山寨,她们报道组跟的那个武警中队中就有她的男朋友。

来之前两人还开玩笑说,还没谈婚论嫁呢,就已经风雨同舟了。

想真正风雨同舟是不现实的,他们的身影在一线,她的镜头经常被风雨模糊了,但大凤清楚,她的镜头里一定闯进过他一次又一次和战友们冲锋呼号的身影。

她把他的身影定格在脑海里,定格在文字中,一篇一篇的报道从她和同事笔下飞向报纸的版面。

黑王寨发生泥石流的画面就无意中闯进她的视线的,那是另一家兄弟新闻媒体跟踪的镜头,在镜头里,她清楚看见自己从小长大的老屋只剩半堵墙立在那儿,似乎在向风雨诉说着自己的不屈。

娘。大凤失声哭了起来,那堵墙正是四婆烧香用的那间厦屋山墙。

跌跌撞撞爬上山寨,大凤在那堵墙下昏了过去,王母娘娘像前的香碗还在,三柱未燃完的香静静地看着大凤,耳边回响起四姑婆苍老的声音,天生王母在西方,菩萨心肠她最强,普度众生职权内,每日清晨上炷香。

大凤,你醒醒,醒醒。真的是四姑婆的声音呢,大凤恍恍惚惚抬起头,四姑婆正穿戴得整整齐齐站在身边呢,一个武警战士站在她身后。

这老人,真犟,非得回来上炷香才肯下山到安全地方。武警战士看了看大凤的行头知道辊抗洪救灾报道组的,冲她这样解释说。

对的,上香,我一定得上三炷香。四姑婆冲大凤说,不过不是给王母娘娘上,是给这些武警战士上香。

大凤一嗔说,娘啊,人家解放军不信这个的。

四姑婆慌了神,不信啊,那咋办呢?

大凤笑,好办啊,把我嫁给扛枪的人做媳妇就行啊,那可是您老烧了八辈子的高香。四姑婆脸一红,骂了大凤一句,你个死丫头,咋没点正经样啊。

大春的双休日

蚕老一时,麦黄一晌,你才几大啊,就成天在外面招摇,怕找不着婆家啊?大春娘见大春对着穿衣镜把件无袖连衣裙在身上比来比去,就不轻不重地说了大春一句。

大春脸一红,谁说我要找婆家了,我不嫁,将来愁死你。

她娘嘴一撇,还不嫁,只拿用铁链子都拴不住吧。

大春不跟她娘闹了,说我今天去找小露玩呢,给自己放双休日。大春知道娘想把她留在家里招上门女婿,弟妹们还小。

当你还在学校啊,双休日?你爹你娘做了一辈子也没双休过。她娘不高兴了,地里还有芝麻苗要间呢。

大春却不管不顾了,刚买回来的衣服沃箱子里,要沃烂了,找谁说理啊。就脱了平常衣服,在卧房里捣持,磨磨蹭蹭捣持好,一出来,连她娘眼都直了,真是女大十八变呢。

十八岁的姑娘,要没点心思也不正常,娘就试探着问,打扮得二五乘一十的给谁看啊?

非得人家看啊,自己看不行吗?大春嘴很硬回了一句。

是吗,我叫你嘴硬。大春娘笑,到时候有你服软的时候。

服软,服什么软?大春没明白过来,她不知道,在黑王寨,丈母娘这一关就是虎牢关,多少小伙拎着茶礼被丈母娘拒绝的,除非做女儿的死缠硬磨,娘才会松口。

大春没明白也正常,谈婚论嫁的事,她还真的没想过,缘分来了再说。

蹦蹦跳跳出了门,转个弯,小露门就老远望着呢了。只是,今天有点不一样,小露门前似乎比平时要热闹几分,门口停着两张摩托车。

大春脚步加紧了一些,有摩托车必定是远客。寨子里人串门,没骑车的习惯,你要骑个车串门吧,日后必然有人编排你,说某人上个茅厕也骑车子呢。

果然是远客,却不陌生,小露的高中同学,当然也是大春的同学,陈东和李卫。

两人是别的村的人,不知怎的窜上寨子了。

巧了呢。陈东爱开玩笑,碰上七仙女了。

李卫说等等,等我变成那头老牛吧。

变老牛作啥？大枝傻乎乎的,我们黑王寨有的是老牛,犁地也用不上你啊？

哈哈哈。陈东笑,人家李卫想变成把七仙女驮在背上的那头老牛呢,那可是头全天下最幸福的老牛。

大春说,正好啊,我今儿双休,准备下山寻一头老牛给父母犁地呢,你倒送上门来了。大春嘴皮子向来不弱人的。

陈东就打趣李卫,老牛,敢不敢上仙女家犁地啊。

李卫人老实,却经不起激,去就去,又不是上灵霄宝殿。他哪里知道陈东是想支开他啊,陈东和小露在学校都好上了。

大春却为了难,真领李卫上门,娘还不疑心她早谋划好的啊。大春就拿手指头绕头发玩,不开腔发话。

李卫有点骑虎难下了,拿眼央求大春,意思是出去了再说。

出去,能去啊儿呢？寨子里到处都是干活的人,要不,大春眨眨眼,你带我到集上买点药吧,我娘咳嗽得厉害,爹的腰也疼,说是骨质增生。大春隐隐约约记得李卫的姑妈在集上卫生院上班。

李卫求之不得呢。出门踩响摩托车,带上大春,一阵风下寨子去了。

回来时,已经过晌午了。娘正做饭呢,听见摩托车响,娘探出头,吓一跳,大春正搂着人家小伙的后腰呢。

死丫头,大春娘心里骂了一句,眼里却从上到下打量着李卫,渐渐露出笑容来。

大春说,娘,我同学,他姑妈在卫生院上班,我给你们买药碰上了,开的进价。怕您咳出炎症来,专门送我回来的呢。

那得误人家多少工啊,大春娘急忙把客人往屋里让,心说难得这孩子了,长相不错心眼也不错。

不误工的伯母,我给自己放双休日。李卫不好意思地笑,这样的工,他天天误都情愿。

双休好啊。大春娘拿眼望着大春,大春天天念叨没个双休日呢。

娘,大春头一低,当外人乱说啥呢?

好了,不说。大春娘冲李卫笑,以后你要放双休,就上寨子来玩,我也捎带给大春放双休。

都哪跟哪啊。大春一跺脚,臊红了脸,跑进卧房里去了,心里扑扑乱跳,耳朵支得长长的。

李卫从坐不住了,就告辞,大春娘说,吃了打鸡蛋再走。完了喜滋滋就去鸡窝里掏鸡蛋。

在黑王寨,留小伙子吃打鸡蛋就意味着认上门女婿呢。

大春吓得白了脸,冲李卫挤眼色说,别吃。

怎么不能吃?李卫一怔。

吃了你得给我家犁一辈子地。大春说。

那更得吃了。李卫很兴奋,他听出大春话里的意思了。

光犁地还不行,得放我双休日。大春头一歪调皮地补了一句。

没问题。李卫答得很爽快,不光给你放,也给我放,人们做黑王寨第一对双休日夫妻。

大春脸一红,美的你,谁要和你做夫妻啊。完了一甩辫子跑她娘跟前打下手去了。

黑王寨的喜鹊

老话有时候也经不住推敲,这么跟你打比方吧,老话说林子大了什么鸟都有,可在方圆百里,黑王寨山够高了,林了够大了,偏偏少了人们口中念叨得最多的一种鸟,喜鹊!

这一点,小春绝对留心过,黑王寨有成群结对的麻雀,也有南来北往的燕子,甚至连凶狠的老鹰也隔三岔五地在天空亮亮相,可就是难见一回喜鹊。

黑王寨的喜鹊只在窗花里安身,要么在中堂画里登上梅花枝头。

小春就想,啥时自己能有一只喜鹊就好了。

小春是在七月初七这天生的,那时小春的奶奶还在,奶奶正在葡萄架下跟小春娘讲古话,一个乡下老奶奶能讲什么古话呢,不外乎就是牛郎织女在天桥上相会的事了。

当时小春娘就插了一句嘴,难怪黑王寨不见一只喜鹊呢,原来都飞天河上搭桥去了。小春娘是外地嫁到黑王寨的,不知道黑王寨一直都没喜鹊落过窝。

小春奶奶就脸上暗了一下,一个地方,连喜鹊都没有,在渴盼喜庆日子的乡下人眼里,是很没面子的事。

更让小春奶奶把日子过暗的事还在后头呢,小春爹在小枝喜三那天下寨挑水,被七寸子毒蛇咬伤了筋脉,毒气顺筋脉迅速循遍了全身,小春爹硬撑着把水挑上了山,黑王寨的规矩,奶娃

儿喜三得用新鲜水煮艾蒿,长大了蚊虫不沾身。五月端午插艾蒿就是这个讲究,五月端午不插艾,蚂蚁爬虫咬黄太。黄太是指男娃娃的小鸡鸡,小春是女娃,可山里的孩子,哪个不是搭着地气长大的,对蚊虫蚂蚁啥的自然要防一防了。

小春的澡没洗完,爹就硬了身子,小春奶奶逼着小春叔叔下了学,每天给月子里的嫂嫂挑水。

没挑上一年,小春奶奶就叫寨里人闲话给淹死了,说老陈婆会过日子呢,安排小叔给嫂子挑水吃。

那有啥呢?自古以来就有嫂子小叔稀里糊涂一说啊。

呵呵,其实不糊涂,嫂子喝小叔的水,小叔吃嫂子的奶,肥水不流外田呢这是。

小春是在闲言碎语中长大的,三岁时,小春有点记事了,小春的小枝坐在葡萄架下问娘,今天不是七月七吗,娘你干吗不上天去啊?

小春娘一怔,上天,干吗啊?

小春噘了嘴,娘你说爹在天上陪牛郎的,今天七月七,鹊桥相会啊,娘你去和爹会一会吧,小春自己等叔叔来了一起玩。

小春娘一把抱紧了小春,今儿个叔叔是不会来的,这样的日子,更惹寨里人闲话。

自打小春奶奶死后,小春娘请人把水缸移到了院门外,小春叔叔每天三担水都不进屋,一来怕寨子里人嘴快,二来嫂嫂如果想朝前迈一步的话也方便有人进来。

朝前迈一步就是改嫁的意思。

小春叔叔的心思,小春娘懂,懂了又能怎样,两世的饭好吃,两世的人难做。

小春叔叔那天抱着小春下寨去报名,七岁的小春该启蒙了。

寨上的学校拆了,要到集上的中心小学,老师把小春叔叔当成了小春的爹,老师冲小春说,你爹扛你来的啊,真是望女成凤呢。

小春嘴一嘟,我才不成凤呢,我要成喜鹊。成喜鹊?老师哈哈大笑,冲小春叔叔说,您这闺女真可爱。小春叔叔脸一红,吭哧了半天,啥也没说出来,他这人,话本来就不多。

报了名回来,小春冲娘说,娘,老师把叔叔当我爹了,要不以后我叫他爹?没爹的孩子在班里受人欺呢。

小春娘脸红到脖子根,使眼色一瞪小春,瞎说啥呢?

小春叔叔这回吭哧出了声,要不,嫂子咱们合家过吧。

合家过?小春娘脸一沉,好说不好听呢。

小春叔叔就低了头,一句话也说不出来,两滴泪砸在尘土里。

小春不懂事,小春说,娘你是不是怕爹在天上生气啊,我七月七上鹊桥跟他说说,你们合了吧,他再不回来,我要叔叔当爹了。

小春娘眼角一红,别说鹊桥了,你要能七月七在黑王寨找到根喜鹊毛,我就和你叔叔把家合了。

黑王寨是没有喜鹊的,小春叔叔心一灰,低头走出了院门,门刚掩上,小春娘的哭泣声就追了出来。

小春没哭,小春说,娘你别哭,小春给您找喜鹊毛。

小春娘心里苦笑了一下,小孩子的话,能当真吗?隔夜就忘得一干二净了。

时间像流水,一转身,小春又长了一岁,小春生日这天,放学好久了,还不见小春回寨子来,上二年级的小春已不要大人接送上学了。

小春娘慌了神,顾不得寨子里人的闲言碎语,拉了小春叔叔

寨上寨下寨里寨外的疯找,天黑时,在北坡崖上的一棵树上,才看见小春正从一个鸟巢里掏出一只刚出蛋壳的小鸟,小春小心翼翼地捧了那小鸟下来,冲娘说,它太小了,身上还没长出喜鹊毛来呢?

小春娘说,要喜鹊毛干啥,这小的鸟,害命啊你。

小春说,今天七月七啊,我拔根喜鹊毛给爹捎信啊,让你和叔叔合家。

小春娘心里一颤,乖女儿,你就是娘心中的喜鹊啊。小春叔叔没说话,悄悄捧起那只鸟,三两下爬上树放回了鸟巢,真怪了,什么时候北坡崖上有喜鹊落了窝寨里人都不知道。

长　疮

五瞎子头天赶集摸回寨子时,就觉得屁股上稍微有点不得劲,路上歇了几歇,总算把个竹棍探到了自己的家门口。晚上洗澡时,毛巾往屁股上一捂,才发现那儿阴阴地痛,用手一摸,乖乖,硬邦邦的,有铜钱那么一块。

许是坐长久了吧。五瞎子没在意,摸索着炖了个鸡蛋,还喝了二两酒。

五瞎子能撑到七十岁还上坡下岭给人算命,全靠这口酒撑着,酒是个好东西呢。上床前五瞎子还这么自言自语了一句。

然而,酒这个好东西却坏了五瞎子的大事。

第二天五瞎子起床时,屁股上的硬块已经有鸡蛋大一块了,还火辣辣地作烧。

五瞎子心里有点虚,早饭也顾不上吃,摸起竹竿就七点八不点摸到了四闷家,四闷子是个土医生,从他爷爷手里得了不少偏方,他爷爷活着时是个江湖游医,他爹朱五也干过几天,当村主任后就不干了。

四闷子医术赶不上爷爷深,但手指甲挖起人来比他爹朱五还深。

见五瞎子上门,四闷子心里就打开了盘算,哟,五先生今儿这么早?

黑王寨的人都把算命的瞎子叫先生,喊人家瞎子是要遭雷打的。

不早不行啊。五瞎子把竹竿一丢就要解裤子。

四闷子吓一跳,干啥呢?五先生,大清早跑我门口来拉屎啊,我四闷子可没坑过您。

五瞎子苦着脸,拉屎,在你门口?你当我吃屎长大的啊。

那你脱裤子干啥?四闷子总算心里平了下来,黑王寨人忌讳大,谁个要坑了人,事后人家上你门口拉屎拉尿败你家风水,很灵验的。四闷子平时没少坑过人,加上他爹在位时也得罪人不少。

我屁股上肿了一个硬块,求你给瞧病来着。黑王寨人一向把看病叫作瞧病。

听说是瞧病,四闷子眉眼舒展开来,清早有人送钱来呢。五瞎子在黑王寨可是唯一手里有活钱的老头,四闷子的那点医术也只有哄哄老头老太。

年轻人都上诊所,黑王寨的诊所是大春开的,她卫校毕业后就回黑王寨开了诊所,看个小病基本上没问题,很是方便了寨里人。

五瞎子摸索着把裤子褪下来,四闷子拿手捏了捏那硬块,故作大惊状跳起来。

哎呀,五先生您天天给人家算命,咋就不晓得给自己打个铁算盘呢?

打,打什么铁算盘?五瞎子被四闷子的一惊一乍吓了一跳。

您自己掐算掐算,今年您高寿几何?四闷子神神道道的补上一句。

五瞎子就伸了指头,七十二了。

那,加上闰年闰月的不就七十三了?四闷子故意叹了口气。

七十三,八十四,阎王不叫自己去。坎呢,自己咋忘了?五瞎子心里一掉。

莫非,这屁股上的肿块有什么讲究?五瞎子不敢掉以轻心了,给别人算命是连哄带骗,轮自己头上咋哄咋骗啊。

长疮呢,这是。四闷子加重了语气。

哦,长疮啊。五瞎子把裤子提上来,穷长虱子富长疮,好事。

好事?四闷子嗤一声冷笑,长人家屁股上那叫富贵疮,长你屁股上那叫甩手疮。

啥意思?五瞎子听出点弦外之音来。

甩手辞世啊。四闷子慢吞吞地给了一句。

五瞎子心里一咯噔,自己身子骨还可以熬到八十四的,干吗要甩手辞世呢?五瞎子就着了急,还有治没治?

四闷子点上一根烟,也给五瞎子奉上一根,这甩手疮又叫蛇胆疮,你五先生不是不知道,我爷爷可是专治蛇虫咬伤,长疮生癞的。

这话倒不假,四闷子的爷爷治毒蛇咬伤是方圆百里一绝,毒蛇咬伤都能治，这蛇胆疮显然也不在话下了。

那你给个方子啊。五瞎子急了。

这方子，得花大价钱，我还得去城里配药，统共七十三味药，根据年岁来配的，少一味都不行。

钱，多少钱？五瞎子想起自己经常劝人的一句话，钱是王八蛋，没了再去赚。

七百三十块。四闷子吐出一口烟来，要的别的病就十多元钱，可你这要十副药，一副七十三，年岁可玩不得假的。

七百三就七百三，我去取钱。五瞎子捞起竹竿，得得就上寨子里的信用点去取钱，乡里信用社为方便群众存贷款，在寨里会计那儿设了一个点，会计是大春爹。

大春正背了药箱要上诊所呢，见五瞎子一步一挪地走到自家门口，大春就收了脚，五先生您这是？

找你爹，取点钱。五瞎子说。

我爹去信用社报账了，要多少钱啊？我先垫您用。

七百三，你有吗？五瞎子一开口，大春吓一跳，要这么多钱干啥，我手里不够的。

坎啊，真碰上坎了。五瞎子捶胸顿足起来，我等这钱抓药治病呢。

什么药要这么贵，谁病了？大春急忙扶住五瞎子发问。

我得了甩手疮，没七十三味药是治不断根的。五瞎子一指屁股，在这儿，疼得钻心呢这会，四闷子说得真准啊。五瞎子不知道钻心疼是刚才他踩脚引起的。

甩手疮？四闷子说的？大春放下药箱，我看看。

五瞎子思想有点封建，当个大闺女露屁股的事他丢不下这张老脸。

大春就火了，叫您脱您就脱。

五瞎子扭扭捏捏褪下半头裤子，大春拿手捏了捏，扑哧一声笑了，五先生，您这是长硬头疖子呢。是长硬头疖子？五瞎子不大信。

这样吧，我给您开点消炎药，再输一瓶液，要好了，您付钱，要不好，您再找四闷子行不？反正我爹天黑才会回来。

五瞎子权衡了一下，点点头，坐下来，请大春给他输液，病急乱投医，他懒得动步了。

液输到一半时，四闷子在外面探头探脑的瞅，他知道五瞎子在大春爹这儿取钱。

大春看见了，走出去打招呼，哟，是四叔啊，来瞧病啊。

四闷子掩饰说，瞧病，我有啥病？四闷子一向怕大春，他那点把戏，骗不了大春。

大春不紧不慢地，当然有病，我可看出来了，您跟五先生一样也长疮了呢。

长疮？四闷子急忙解开衣服，从上往下瞅，又拿手隔着衣服摸自己屁股，莫不是五瞎子身上的疮还会传染不成？

大春冷冷一笑，别摸了，您那疮长的地方怪，摸索不出来的。

怎么个怪法？四闷子到底是李鬼，一见李逵就慌了神，他真没摸出个所以然来。大春笑了笑，您那疮长在心里呢？

疮长在心里？四闷子的手一下子停在了心口那里，还别说，心口一阵阵发烧，烧得全身神经发痛。

战　场

　　看见没，我爹打完敌人在战场上给捡的。我把一颗子弹壳磨成的口哨往嘴里一喂，嘘嘘地吹响起来。

　　二子三娃四妹立马像蚂蟥听见了水响，向我游了过来，说游有点不确切，我们当时正站在操场上搞立正稍息，向左右看齐呢。

　　我的正步走得最规矩，这是体育老师夸我说的。废话，我要走得不规矩，黑王寨还有哪个人能把正步走规矩呢？我爹可是军人呢，眼下，他还守卫着我们的边疆，动不动就要在枪林弹雨中穿行呢。

　　不过再有几天，他就要复员回来了，复员前他特意提前托战友给我捎了个子弹哨子，说啥时候我能用子弹壳做的哨子吹十五的月亮，啥时他就会出其不意地站在我身旁。

　　对的，出其不意。我冲二子说，知道吗，我爹连里的连长一人回来探亲，出其不意地在火车上制服了三名歹徒。

　　我说出其不意时还顺手做了个掐脖子的动作，结果二子三娃四妹三人不约而同地把脖子缩进肩膀里了，不过，眼光却是拴着深深的羡慕。

　　还有，黄继光你们晓得吗？我又做了个上半身向前倾斜的动作，黄继光堵敌人的机枪身子就是向前无所畏惧地扑上去的。

　　晓得。二子急忙点头。

莫非，你爹连里也有人堵过敌人机枪眼？三娃问。

非得堵机枪眼吗？我不屑地看了三娃一眼，我爹说了的，现代战争，靠的是高科技军事手段和先进武器，再堵机枪眼，那是让敌人笑掉大牙的事。

就是，就是。四妹附和说，不过附和完了四妹还是小心翼翼问了一句，那你爹他们堵什么啊？

堵洪水啊。电视上你没看见？一旦哪里有江水决堤，哪里就有解放军战士背着麻袋冲进水里堵缺口的英雄壮举啊。

嗯，英雄壮举。四妹使劲伸了伸大拇指。

我爹连里好几个士兵都在抗洪救灾战场上立过功呢。我骄傲的一扬头，把个子弹壳哨子吹得山响。

军功章啊，有你的一半也有我的一半的旋律我已吹得很连贯了，爹咋还不回来呢？

回来了，我一定让爹给大家伙好好讲讲他们连的英雄故事，爹讲到动情处，会不会也像电视上那些老红军一样，掀开衣服让人数身上的伤疤呢？

那可是象征荣誉的伤疤啊。这样的伤疤要我说，比胸前的军功章更神气，更有价值，战场都再现在上面呢。

我爹会有几块疤呢？问娘，娘捂了嘴笑，当你爹是狗啊，只有常咬架的狗才落不下一张好皮，大疤套着小疤的。

算了，娘没念过书，不懂得荣誉的重要。我一翻白眼，走了，在北坡崖上继续吹口哨。

咱是当兵人的儿子，肯定得跟别人不一样，我就渴望身上有敌人弹片插进肉体留下的伤疤。

那样一来，二子三娃四妹不得更服我了啊。

爹是在九月一号回来的，那天开学刚升完旗，我看见一个军人走到旗杆前，两脚一立，啪地向国旗敬了一个军礼。乖乖，是爹呢。黑王寨的人，除了爹，没人能敬这么标准的军礼。

二子冲上去，抱住我爹的腿，大爷，我要听你们连长出其不意只身抓歹徒的故事。

爹拗不过二子，就在旗杆前眉飞色舞地讲了起来，爹一激动，还用了肢体语言，连比划带模仿，比听说书的还过瘾。

三娃也不示弱，缠着我爹要听堵洪水的故事，爹就愈发情绪激昂起来，挥手顿足把我们带进了滔滔洪水中。

末了，爹就坐下来歇气。

四妹倒上一杯水递给我爹，讨好地说，大爷，光听您讲别人在战场上的故事了，是不是歇把劲，讲讲您在战场的故事？

对啊。我也凑上前去，爹讲吧，别人在战场上再英勇也跟黑王寨无关，您在战场上的英雄壮举才是黑王寨的骄傲呢。

二子三娃四妹还有学校老师全围了上来，是啊，活生生的英雄站在面前讲活生生的壮举，任谁都觉得是长脸不过的事。

偏偏，爹却不给自己长脸，也不给我长脸，居然涨红了脖子和脸，吭哧吭哧半天才说出一句话来，真对不住大家，我没上过战场。

不会吧？我一下子懵了，举起子弹壳口哨说，这不是你在战场上打完敌人捡回来的？

爹笑了笑，傻孩子，和平时期哪来的敌人啊，这是从靶场上捡回来的。

那抗洪救灾手挽手堵洪水你也没去过？我不甘心又问了一句。

爹笑笑，我们是负责后勤工作的，要服从安排呢。爹说的是军人以服从命令为天职，我懂。可爹为啥就没上过战场呢？我委

屈得不行,嘴一咧,哭了,那个子弹壳口哨被我使劲掼到了地上,你就不晓得随便编一个战场上的故事啊,让我以后在二子他们面前如何抬头?

校长就是在这时候走过来的,校长捡起那枚子弹壳口哨,拿嘴吹了吹上面的灰尘,冲我说,孩子,别哭了,你爹刚才就上了一回战场呢。刚才,上了一回战场?我才不信呢,战场哪能没有硝烟呢。抬头看爹,爹点点头,是的,孩子,与自己的虚荣心做斗争,也是上战场呢。

虚荣心也是上战场?我愈发不明白了。嗨,这当兵的人,还真跟我们有点不一样。

硬　气

一般情况下,在黑王寨这样的地方,小伙子一旦处上了对象,走路都昂着头,像刚学会打鸣的小公鸡,说出的话里都透出股硬气,上书本就好听多了,叫阳刚之气!

可李文秋二十过了,对象也处上了,说话做事照样蔫巴巴的,典型的软柿子一个。

要说李文秋吧,生得乍膀子虎腰浓眉大眼的,应该是很硬气的一个人物,可黑王寨人就咋看咋觉得他软,亏了那副身坯,长他身上总让人有水土不服的感觉。

是穷日子给折腾的。李文秋的日子在黑王寨过得顶没成色了,没成色你可以跟别人学啊,偏偏他还倔,这一倔吧,日子就比鸡肠子还细,过得七弯八拐打了结。

其实不怪李文秋,要怪只能怪李文秋把书读深了些,一深就显出迂腐来了。

种地吗,别人都用化肥,他却整农家肥,菜里长了虫,人家都用农药,他倒好,趴在叶子上一条一条地捉,寨里人看不惯,说李文秋你绣花啊。

李文秋听得出来人家笑话他,李文秋也不生气,笑眯眯地回答说,农药有残留物质,吃多了对人体有害的,现在讲究吃无公害绿色食品。

哟,这吃了无公害的蔬菜人就能变硬气是吧。在寨里人的讥讽声中李文秋嗓门哑了下去,不过,手里依然没闲着。

李文秋就这么一个人,软,但却叫人生不起气来。

寨子里第一次把李文秋摆上议事日程是在抗旱时节,黑王寨是个缺水的地方,一个星期不下雨,就得抽水抗旱,抽水的电机得接三厢电,跟照明线有区别。

接电就得求电老虎,黑王寨的人打小就没求人的习惯,硬气惯习了的他们信奉的是三句好话抵不上一嘴巴,让他们去求人,无异于逼拉登向小布什低架子认错。

李文秋就显山露水了,没办法,众望所归呢,去吧。

李文秋是期期艾艾去的集上,抗旱时节,电力负荷重,所有电工都下了乡,供电所就两个女的值班,一个是管收费的张会计,一个是管接待的王主任。

李文秋进去时,王主任正放了电话冲张会计发牢骚,这七月大,八月大,萝卜白菜卖肉价还真的不假。

张会计就抬起头问,咋的啦?

王主任说你不知道,我种的小白菜刚两叶一心,就发虫了,

想吃口新鲜的,难啊。

打药啊。张会计说。

我家那口子最讨厌吃打农药的蔬菜了,上次差点中毒你忘了?王主任说,她男人老王是供电所一把手。

也是的呢,想想都后怕。张会计拍了拍胸口说,一副心有余悸的样子。

用手捉啊。李文秋顺嘴插了一句。

捉,那得花多大工夫?王主任没好气地一瞪眼,你当我们闲得手痒啊。

王主任把李文秋当成街上的闲人了。

那我帮你捉。李文秋好脾气地一笑。

行啊,顺便帮我也捉一下,我俩的菜地就在后面院子里。张会计凑上来打趣。

李文秋笑了笑,好啊。一抽身人就走了出去。

王主任和张会计没在意,平常老有人进来插科打诨的,跟王主任和张会计开些不荤不素的玩笑,两人在街上可是风韵犹存的少妇呢。

熬到下班时,张会计和王主任一到后院,愣了,李文秋正在菜园里捉虫呢,看他那模样真比绣花还认真。

王主任不好意思了,搭讪说,小伙子,你是哪的人啊?

李文秋抹把汗,说,黑王寨的。

黑王寨的?王主任明白过来,是不是想接电抽水啊。

嗯。李文秋点点头,您这菜啊,要用草木灰杀杀菌,才不会发虫。

张会计说街上哪来的草木灰呢?

李文秋拍拍手,我明天从寨子里带一点下来。

那敢情好。王主任和张会计都乐了,看不出你个大男人还有这般耐心,看来黑王寨不光出硬气人呢。

李文秋第二天早上,装了半袋草木灰刚要走,想想,又到菜地里摘了几根秋黄瓜和一些小青菜,分成两份用稻草扎好。

寨里人问他,你昨天找的电工呢,人家咋说的?

李文秋一拍额头,糟,昨天只顾帮她们菜上捉虫了,忘了说。

捉虫?寨里人笑,先把你自己这条软虫捉了吧。

李文秋就在讥笑声中下了寨。

王主任和张会计正在供电所门口张望呢,见了李文秋,一左一右把他簇拥着进了菜园。撒完草木灰,李文秋拍拍手,从自行车上解下那两份菜说,先对付一天,明天就可摘菜吃了,这菜是我自己种的,没打过农药。

黑王寨没打农药的蔬菜就一家有,你别蒙我啊。张会计说。

谁啊?李文秋问。

人名不知道,但听说是个不硬气的软柿子,大家都不作他。王主任插嘴说,反正不是你。

为什么不是我呢?李文秋笑了起来。

你做事有始有终,硬气得很,让人找不出毛病来,会是你?张姐扬了扬手中的蔬菜,这年头足够细心的男人才是硬气的男人呢。

那么?李文秋挠了挠头皮,我能不能硬气一回请所里派电工给我们寨抗旱接电啊?

王主任看了张会计一眼,两人哈哈大笑起来,你当就你们男人硬气啊,我们女人照样硬气,咱们老王早派人去你们寨里接抗旱电去了。

电　梯

　　大老吴在城里拎了三个月砂浆回来,红版的票子没见着一张,脸上的颜色倒见深了几分,由先前的瓦灰色变成紫黑色了。瓦灰色的人,耐看。这人要在寨子里一不耐看,背后就招人说你的长道你的短。

　　大伙说大老吴就一句话,盘子端的不吃要吃脚趾丫子夹的,作践自己不是?

　　大老吴不觉得作践自己,相反,他紫黑色的脸上倒显山露水浮着一层骄傲,是那种见了世面的人才有的骄傲。这骄傲就在全寨子董三爷一人脸上呆过,董三爷年轻时学大寨万人会战时一担挑过三百斤,上县礼堂的主席台领过奖,还跟礼堂前的毛主席雕像合过影,回过头翻翻祖宗八代,谁长过这样的脸?县礼堂可是有解放军站岗的地方。

　　一个县城的礼堂,说白了也就比一般建筑多几道石梯台阶,大老吴是这么从烟屁股后吐出这句话的。石梯台阶?那是花岗岩石梯呢,你上过?董三爷的骄傲受到挑衅,说话就没了往日的平和。

　　花岗岩石梯,呵呵呵。大老吴不屑地干笑几下,我在工地上天天上上下下坐电梯呢。

　　电梯?董三爷脸上的骄傲一下子没了,电也能做成梯子?在寨子里,凡是跟电有关的东西都值得人尊崇,当初寨子河边小水电站打米磨面时,多少人去看稀奇呢。

就是这样的,平平整整一块钢板,由电引着,一会儿升上天,一会儿落下地的,唰,上去,唰,又下来。大老吴这么眉飞色舞一比画,董三爷及寨里人就很自觉地配合着张合着嘴巴。

其实,大老吴说的是升降机,建筑工地上用的。真正的电梯他还没坐过,反正都是上上下下的玩意,应该没什么区别的,大老吴是这么想的,也就天真地这么认为了。

啥叫世面?这就叫世面。难怪大老吴一脸显山露水的骄傲,董三爷的脸一下子松弛了,眼里攒了一辈子的精神气一下子无影无踪了。

大老吴还在挥舞着手口沫横飞的,人活一辈子不就图见个世而吗?见世面得花钱不是,我虽没挣着钱,可人家也白让我吃了三个月,力气去了有来的,世面去了可没来的。电梯,怕是有人一辈子也见不着了。大老吴说完这话,意犹未尽地看了董三爷一眼,再点上一根烟,走了。

这一回,他没按寨里规矩让董三爷一根烟。该着董三爷让他一根才对,电梯跟花岗岩石梯,那是没得比的。

董三爷是在晚上摸黑进的大老吴的门,人没落座,董三爷主动让出一根烟来。

有事?大老吴接过烟,懒洋洋地问了一句,其实他心里跟明镜似的。

想请大侄子带我也坐一回电梯。董三爷挤出一丝不自然的笑,让一个晚辈把他的骄傲收走,董三爷是很委屈的。

坐电梯,要花钱的呢,你当谁都可以坐的啊。大老吴搪塞说,真要去了,他自己都摸不着电梯门,只好用钱来断董三爷的念想。工地上的升降机可不是谁都能上去的,工头管得可严了,出

了事,老板以会拿他出气的。

钱,我有,喏,你看。董三爷打贴衣腰带摸出一个塑料纸包着的香烟盒;从里面抖抖索索摸出一小扎叠得整整齐齐的小钞票来。

大老吴没想到董三爷身上竟攒有闲钱,退路被堵死了,大老吴就期期艾艾说,等着吧,我才回来,身子乏着呢,等歇过劲就带你去。

在寨子里,歇过劲不过三五天工夫,大老吴满心指望董三爷一时头脑发热说说罢了的,老人身上攒点钱,不易呢。偏偏,董三爷让他的指望落了空。

大老吴是硬着头皮带着董三爷上城的,他记得工地附近有座观光电梯可以上上下下的,好多小朋友在里面幸福地跟他招过手呢。

大老吴一横心想,奶奶的,借董三爷的光,自己也幸福一回吧,反正他愿意出钱。

观光电梯前有个保安,冷着脸抱着膀子在那边玩原地踏步游戏。

穿红挂绿的男男女女上去了又下来,大老吴一动不动在那儿干瞅,董三爷急了,咋不上去啊?

大老吴倒想上去,但他怕保安不让进,那些一闪一闪的数字让他眼花缭乱,虽说都是电引着上下,可升降机跟这,能比?大老吴心虚,就冲董三爷说,天黑了上去,便宜,收半价。

董三爷信以为真,反正都是坐电梯,能省一分是一分。

暮色在他们眼里渐渐暗了下来,那个保安玩了半天原地踏步,好像很难受似的,不停看时间,终于,大老吴远远看见保安呼出了一口气,转身往一个角落走去,那儿时不时传来哗哗的水声。

大老吴像贼一样一把拉上董三爷,钻进了尚未来得及合拢的电梯里面。

门徐徐关上了,大老吴瞎按了一通,电梯上升起来,可惜两人瞪圆了眼,也没看见啥,那玻璃是茶色的,附近的灯光先先后后熄灭下来,大老吴正紧张呢,哐啷一声,他们的电梯悬那不动了,头顶晕黄的灯也一下子灭了。

这座新建的工业城市用电一直吃紧,一到夜晚,就限电拉闸。

电梯里,惶惶不安的大老吴和董三爷胡乱拍打着四壁,可惜没人听得见,拍累了,两人缓缓瘫了下去,董三爷很满足地点上一根烟,这回他没让大老吴一根,见的世面平等了,他的骄傲重新又回到了脸上。

两人的尸体是一星期后被发现的,电梯因停电发生了故障。这是一部从德国进口的电梯,那个负责维修的工程师无巧不巧去了上海,要一周后才能回来。

负责收尸的殡仪馆人员觉得很奇怪,见过千奇百怪的死法,唯独这没两个人死得很安宁的,两个人嘴里都含着香烟,没半点挣扎的迹象,一副看透世面的表情。

跑　山

四贵早上出门,闻见空气中有淡淡的桂花香,四贵就回头冲婆娘喊了一声,记得把牛绳牛桩弄牢实点啊!

婆娘正在喂猪食,就扬起头应了一声,哪一天不是牢牢实实的,要你说?好像就你一人会当家似的。

黑王寨使牲口的人都晓得,八月桂花香,九月菊花黄,春草起秋草落的季节,牛爱跑山呢。

跑山是方言,指牲口发情。本来跑山也跑不到哪儿去,问题是,牲口不是人,晓得哪儿该去哪儿不该去,要糟蹋了人家菜园子,拿脸挨呢。

四贵走到屋后,碰见简枝,简枝慌里慌张的,头发凌乱着,脸也没洗的样子。四贵喜欢开个玩笑,四贵就口没遮拦说了一句,简妹子,你大清早就出来跑山啊。

话刚出口,忽然发现简枝变了脸色,四贵一下子悟过劲来,该死。简枝男人刚瘫在了床上,自己这样开玩笑,有点往人家伤口里撒盐的意思呢。

果然,简枝脚步踉跄了一下,跑山,是啊,我跑山咋了?我男人许我跑,不像有些男人。

有些男人咋了?四贵心里还没寻思过劲来,简枝又来了一句,有些男人自己婆娘跑山,还给人家管酒管饭。

这话有杀伤力,四贵和婆娘结婚好几年,一直没开怀,后来大志给帮忙弄单方治好病生了,可大家说传闻是开后门借的种。这样的事在黑王寨不稀奇,借种要比抱养好,总有一个是亲的,老辈人都这么传下来的。

这些事是说不清的,四贵就闷了头,车转身子败了兴致往回走。

婆娘正牵了牛要出门,四贵闷头闷脑接过牛绳,我去放吧,今儿想歇歇。

在寨子里,男人放牛就是歇歇,毕竟放牛是轻省事。婆娘耳朵尖,早听见了简枝骂男人的话,见四贵苦着脸,也就不好再多言。

四贵低了头,牵着自家的大牯牛往北坡崖走,这牯牛劲大,发情起来婆娘还真拽不住它。

发情。看来这人跟动物没多大区别啊。每每想起儿子,四贵就觉得愧对婆娘,自己咋这么无能,害婆娘人前抬不起头呢?这简枝,活该男人瘫在床上。四贵愤愤然地想,上回她牵着那头母牛来给牲口配种,自己看她家底子薄,一分钱没收,咋说翻脸就翻脸呢。

黑王寨没骟的牯牛,就四贵家这一头了,宝贝着呢。日头爬上北坡崖上时,四贵也把牛赶到了崖顶,他把牛桩往地上打好,把牛绳系上,找个背风向阳的地方,眯上了眼睛想心事。

儿子的小脸蛋在眼前晃悠着,别看儿子跟自己在一起少,却特别亲自己,他在寨里学校带课,总是忙着别人的孩子。哪一回进家门,不是儿子端茶倒水啊,才八岁的娃,晓得疼人了,不白养。想到这儿,四贵自己暗笑了起来。

跑山养的娃有这么孝顺人?有这么贴心。正想得入迷呢,一个脆生生的声音响起来,爹,娘让我给你送的,冰糖月饼。

四贵一抬头,是儿子,儿子脸上还有汗,一个黄澄澄的月饼正送到自己嘴边,四贵眼角一热。家里统共就买了一盒四个月饼,儿子两个,自己和婆娘一人一个,中秋节那天自己和婆娘的那份早就吃完了,这个一定是儿子偷偷攒下的。

都说爹娘待儿万年长,儿待爹妈扁担长,这话有失偏颇呢?

四贵把儿子搂怀里,拿胡子来蹭儿子的脸。

儿子咋呼了一声,爹,咱家牛跑山了呢。

鬼话。四贵笑,儿子怕胡子扎,每次父子放牛在一起闹时都这样蒙自己。真的呢。儿子急了,还有一头母牛也跑来了。

还有一头母牛?四贵心里一激灵,莫不是简枝家的那头母牛跑来了,上次交配也是在北坡崖上的呢。牲口晓得记路的。

放眼过去,可不是,简枝家那头漂亮的母牛正跟自己的大牯牛亲亲热热蹭在了一起。

爹,我去赶跑它。儿子折了根荆条枝,别把咱家大牯牛给惹跑了。

四贵眼里浮起简枝慌里慌张的神色来,算了吧。四贵把月饼塞给儿子,你吃月饼,别管它。

那咱家大牯牛要和那母牛交配了,谁认账啊?儿子虽小,但黑王寨的规矩却晓得一些,牲口在野外交配了,人家是可以不认账的。

没人认算了,只当它跑山了。四贵坐了下来,他知道这会儿要是去赶那母牛的话,它一旦发起性子,只怕三五天都是满山乱窜,那还不把简枝急死。家里瘫着的人也得人照料不是?

只要大牯牛和它交了配,那母牛自然会老老实实跟回家的。

四贵是在天近晌午时牵了牯牛下的山,他把儿子扛在肩头,那头母牛恋恋不舍地跟在后面。

简枝还是那副慌里慌张的样子在满寨乱窜,看见四贵身后的两头牛,简枝心一下子落了下来。

可人却不敢拿眼看四贵,四贵想了想,换成嬉皮笑脸样来,咋,妹子这会跑山跑累了?

简枝脸上活泛了一下,四贵哥你别促狭妹了行不?

想我不促狭你啊,行。四贵一本正经地说,记得你早上说的话吗?

啥话,记不得呢。见四贵提起了早上的事,简枝心又悬起来。

你自己说的啊?四贵还是一本正以的,婆娘跑了山,还得给人家管酒管饭的。

简枝一迭声赔不是,四贵哥我舌头长蛆,没个好言语的,你别当真。

不行,非当真不可。四贵绷了脸一指身后简枝的那头母牛,你家婆娘跑了山,你想赖我的酒饭,没门。

简枝这才悟过来四贵话里的意思,四贵体谅她呢,管了酒饭,就可以不付大牯牛的配种费了。寨里的酒饭,简单,一个炒鸡蛋,一盘盐黄豆就行了。

简枝的眼泪哗哗下来了,这顿酒饭,我该管的,只要四贵哥你不嫌寒碜。

受伤的麦子

麦子不是地里长着的麦子,麦子是我的堂姐。在黑王寨,我们一个族眷枝枝丫丫分出来,就有太多的堂姐,但像麦子这样说话叫人琢磨不透的堂姐,却只她一个。

说话叫人琢磨不透与书念得好有关,只差一年,麦子就可以把书念到重点大学了。这话是我们乡高中的李校长说的,李校长大会讲了小会讲,讲得麦子娘也会讲了,就在寨里老人讲了孩子讲。

有次麦子听见她娘又跟四姑婆在讲她要念重点大学的事,

麦子就不吭不哈地回去提了把镰刀出来,冷不丁冲她娘说,爹让我给你送把镰刀来呢,娘。

当时是五月的天气了,麦子最早成熟的也才有了一圈暗绿的水波纹,也就是书上说的麦浪。离开镰割麦还有半个月,谷要割低头,麦要八成熟。她娘没接镰刀,随口嘟哝了一句,开镰还早呢,给我送把刀干啥?

麦子使劲把镰刀往娘手里塞,一本正经说,爹怕你话把儿太长,割不断,特意磨了的,您试试,刀锋快不快?

闹半天,麦子是嫌娘话长呢。话把儿倒是一下子割断了,却叫娘好没面子,四姑婆是什么人啊?得罪不起的人。果然,第二天,寨子里老老少少都晓得了,麦子说话可以打死人的。

能打死人的是石头。麦子不生气,笑眯眯地说,四姑婆那样的人,碰见石头都能喊得应的呢。这话往深了一想,是指四姑婆是石头呢,只有石头才能听懂石头的话语。四姑婆脑袋那一阵真像石头打昏了头,天天垂着,好一阵子没走东窜西搬弄是非。

真正开镰时,麦子爹却出事了,他挖兰草时从北坡崖上栽了下来,一条腿折了,基本上成了个废人。跟他买兰草的那个老板见了,甩下三千元,说,请人割麦吧,这腿只怕没救了。

麦子却把钱砸进了医院里,麦子黄了可以自己割,爹的腿折了却不能自己医,没治也不是绝对不能治吧。

她娘心疼钱,骂麦子,医好了也不能下地,看你以后拿啥子念书?

不能下地也能拄拐啊。麦子说,你想我爹当活死人啊?

麦子娘气得当场扇了自己一嘴巴,麦子是说自己指望男人早死呢。寨子里好几个男人因为腿脚有毛病下不了地,不想当废人,一绳子吊死了自己。

爹的腿有了知觉时,麦子已经黄得交了穗,风一吹,麦芒相互摩擦的声音让麦子心急火燎的,麦子开始没日没夜地在麦垄里用镰刀跟麦子较劲。

长长的麦垄里,麦子像个打洞的老鼠,一天啃出那么一小溜。她娘说,照你这么干,一窝鸡抱出来,麦子也吃不上嘴?

那咋办?麦子问她娘。

她娘叹口气,请人呗。还能咋办?她娘说请人时,后面就站着那个收兰草的贩子,麦子知道他跟娘有点不清不白的,麦子说,要请也是我请,起码得请那知根知底的人。

她娘被噎得半天没喘顺畅气,让人疑心麦芒等不及人收割飞进了娘的喉咙里似的,行,你能。娘说我倒要看看,你有多大的能耐把天翻过来。

不能把天翻过来,但也不能让人把爹压下去。麦子一甩镰刀,走了。

第二天,麦子田里来了不下于二十多个劳动力,打头的居然是新村主任陈六,连管饭都在村主任家。大伙边割麦边冲着麦子娘伸拇指,你家麦子好福气呢,要嫁村主任家做儿媳。

村主任儿子跟麦子是同学,喜欢麦子好几年了,麦子打心眼是瞧不上他,凭村主任爹在外面跑个运输而已,就不知道自己姓啥了。动不动车过之处,在寨子里晴天扬灰尘雨天扬稀泥的。麦子跟村主任儿子订婚时就一个要求,成了家不许他开车,开车是什么概念?一脚踩油门,一脚踩牢门呢。她可不想自己孩子念书到紧要关头当爹的出个什么事。

村主任儿子是真喜欢麦子,样样依了麦子的,成了家后在乡里开了一家土特产店,专卖黑王寨的香菇木耳野板栗什么的。

麦子再也不用下地了,脸上日渐光鲜起来,她除了守店子就

是看书。

那年我上高三,暑假里去找麦子,找麦子是因为我爹也出了事,肺病,下不得地,娘让我辍学,我一气之下跑下了寨子,就想找个多念了几天书的人诉诉委屈,麦字在我那么多堂姐中是唯一念过高中的。

麦子问我,想不想还读下去?

我说想。想就好,别学姐我。麦子咬了咬牙。

我说姐你哪点不好啊,起个麦子名却一辈子不和麦子打交道,哪像我,手被镰刀把磨出了茧。这话不假,每个双休日我都要在田里帮娘干农田活的。

我的心里磨出了茧你知道不?麦子说完进了屋,一会儿她出来了,递给我一个报纸包着的东西,拿去念书吧,强比他输在牌桌上。

说完这话,麦子眼里泪汪汪的。我心里一愣,才想起来都半天了居然没看见我堂姐夫,那个原来很听麦子姐话的村主任儿子。

麦子割八成熟,记住,熬一熬就出头了。麦子送我出门时欲哭无泪的抽泣一直陪我响到了学堂,那声音里透着世事的沧桑呢,这哪里是那个她娘嘴里吃轻巧饭说轻巧话的麦子啊。若干年后我在想起家乡时总要把麦子的话想了再想。

化　龙

三月三,九月九,无事不打江边走。

差不多每年三月三一到,黑王寨十二岁以下的孩子们都会听到爹妈再三再四的在耳边唠叨这句话。

老话传千年了,孩子们心里就只剩下一个字------烦。

就是有事想打江边走,还得有江不是?黑王寨屁大一方水,老牯牛一泡尿没撒完,就从河这边淌河那边了,好意思叫江?

孩子们说的没错,黑王寨老辈人嘴里的江,就是寨子下的那条鸡肠子河。

远处怕水,近处怕鬼。

一般情况下,黑王寨的孩子们不怕寨下那条河,但三月三九月九就不同了,黑王寨的鬼节呢,好歹是。

三月三,鬼上山,九月九,鬼下山。据说鬼走路时喜欢弄得风生水起的,那风自然是阴风,那水自然是阴水了。

一条好端端的河,咋就说变就变得跟鬼扯上关系了,孩子们不明白,不明白也不要紧,遵从大人指示就行了。

当然,不是所有的孩子都在三月三这天不近水的,时三小时候就玩水,玩得比平日更嚣张,寨里没人管教他,这孩子,活脱脱就是一恶鬼。

他爹坐着牢呢,你动他一指甲试试,人家出来了不住你家吃上喝上一辈子才怪。

狗日的,叫三月三过阴兵收了你去。被时三祸害得最苦的明喜牙咬破了几颗也没咒出点动静来。

倒是时三,天天在河里捞鱼摸虾,下鳝鱼,那动静要几大有几大。

转眼三月三又到了,寨子里的规矩,这一天吃冷食,时三不是个讲规矩的孩子,他参要讲规矩也生不下他。

不讲规矩的时三照样下山去河里钓鳝鱼。

明喜知道,过不到一会儿,河边就会升起一股炊烟来,时三钓了鳝鱼,就在河边烧了吃,图个省事。

那天,靠近河边的人少,明喜牵着最大的家当——那头牛,每天下来喝一通水,喝得肚子里哐当哐当响才慢吞吞往寨上爬,这顿水要管到明天这个时候的。

明喜到河边时,时三正对着河边一个洞想着心思,那洞口有一层白沫遮掩着,老辈人说了的,有白沫的洞一般是白鳝洞。

白鳝,在黑王寨可金贵了,可以入药的呢。

明喜就凑过头去,说,小心有蟒蛇呢。这话不假,白鳝洞里面一般跟蟒蛇洞相通,蟒也是通灵的东西,晓得借白鳝的灵气修炼。

要不,好多传说中都有蛇精出现呢。

时三一歪头,蟒,我看你才是蟒呢。

那意思再清白不过,是说明席也想学蟒来沾白鳝的光。

明喜脸气得煞白,今天三月三呢,你还在河边抓白鳝,真不怕蟒蛇啊?

蛇在黑王寨又叫小龙,三月三,河水总比平日要汹涌,是因为蛟龙要出水呢。

时三满不在乎揩了一把鼻涕,有蟒好啊,我连蟒一块吃,不就化龙了。

明喜没话了,跟一个孩子治气,传出去也没多大的光彩,牵了牛掉头就往寨子上走。

走到寨子顶上,炊烟也没见飘上来。

明喜那一顿冷饭吃得没滋没味的,任大才住他家对门村集体的文化室里。

现在,文化室里灯却没亮起来。明喜想了想,出门,拿了手电往寨下走。闺女跟在后面喊,爹,今儿三月三呢。

三月三咋啦?明喜嘀咕了一声,不是三月三我还不出门呢。

说到底,明喜还是惦记着时三。

时三果然还在河边,不过,人却被一条蟒蛇缠住裹成了个粽子。

黑王寨的蟒蛇无毒,但力气大,它要不松劲,一头老牯牛也能缠死。

明喜不怕蟒蛇,他爹年轻时专门捉蛇,治蛇咬也有一套。明喜知道,只要往蛇的生殖器上浇凉水,蛇的骨节就会一节节松下来。

河边水浅,白天被日头一晒,不够冰,要冰水得下河中心那个深潭处。

明喜吸了一口凉气,今天是寒食,他没喝酒,下河有点抗不住。

抗不住也得抗啊。时三眼珠子都快让蟒蛇给缠得挤出眶了,活活一个小鬼形。

明喜骂了一句,混蛋的,阴兵还不想收你呢。完了脱下衣服倒出白鳝拎起时三的桶下了河。

一桶水一个猛子,两桶水二个猛子,蟒蛇被冰凉的河水一

激,松了劲儿,整个身子像个烂草绳瘫在河滩边。

风就是在这时候起的,明喜趔趄了一下,一头扎进河水里。

等明喜悠悠醒来时,发现时三正趴在火堆上拼命吹火,那火随着风声旺了起来。

见明喜醒来,时三把一根烧熟了的白鳝从火堆下的泥草中刨出来,说叔,快吃了它,吃了你就化成龙了。

时三说这话的神情很可爱,一点也没了平日的祸害相。

明喜笑了笑,说,叔不吃也化龙了呢,不信你看河边。明喜真的看了过去,粼粼的河光中,自己的身影和代大新的合在一起,真有那么点腾云驾雾呢。

给　脸

给脸不要脸的东西,带露水的草你都不吃,想吃红席不成?闲人站在羊栏外骂了一声。

骂完了才觉得不对劲,按以往的惯例,他家的大黑羊即便不爬起来吃草,也该趴在地上嘴里有一搭没一搭地嚼出一嘴白沫的,那白沫里有夜草的清香气息呢。

闲人使劲抽了抽鼻子,这股熟悉的气息还是没有。

闲人心就往下沉,把头往羊栏里探,果然羊栏最里面除了一堆圆溜溜的粪蛋子,啥也没有。

混蛋的。偷羊偷到黑王寨了。

混蛋的,偷羊偷到我闲人了。

远处强盗,必有近脚。这是老话,闲人不着急,坐下来开始抽烟。一根烟抽完,他的眉头舒了一半,两根烟抽完,他的眉头全舒展开来,到了第三根烟要烧到手指时,他都有点眉开眼笑的意思了。

笑完了他才拧着眉头往李文秋家走。

李文秋正在试他家新打的压水井,试出一脸的喜气来,一扭头,看见闲人,脸上就没有了春夏秋冬的表情,干净得很。

闲人不看他的脸,只是淡淡问了一句,你那两个四川师傅呢?

李文秋撇了一下嘴,走了。

走哪儿了?闲人问。

走哪儿关我么事,腿长在人家身上。李文秋鼻子一哼。

畏罪潜逃吧。闲人不阴不阳地抛出后一句话来,我家的大黑羊没了,就在昨晚上。

没了活该,叫它糟蹋我庄稼。李文秋一点也没听出闲人话里的机锋,很解气的接了一句。

你这话咋听着像是含有报复心理啊?闲人引他上套。

就报复了,咋的,我都恨不得亲自去偷一把过下瘾呢。李文秋幸灾乐祸的。

没准是你串通的呢?闲人阴恻恻一笑。

李文秋火了,老子串通的咋啦?你叫派出所来抓我啊。

你说的啊。我这就找村主任去报案。闲人像真捏到什么把柄似的,雄赳赳气昂昂地走了。

李生平望着闲人的背影冷笑,说你以为你是村主任啊,人家派出所会听你的?

说到村主任,李文秋忽然笑不出来了,村主任虽说不是闲

人,可村主任老婆是闲人妹子呢,好亲不过郎舅伙,好烧不过栗柴火呢。

本来没做贼不心虚的李文秋一下子蔫了半头

管他呢,没做贼,心不惊,没吃鱼,嘴不腥。他闲人再怎么也不能把我李文秋的羊牵了去抵账吧。李文秋蔫归蔫,嘴上还是硬撑着自言自语了一句。

村主任朱五是过了响午才来的,来了就直奔羊栏,用眼睛把李文秋那头大白羊从头量到尾,再从尾量到头,喷出一口烟来丢出一句,小了点。

小什么?李文秋听见响动,迎了出来。

赔闲人那只小了点。村主任白了李生平一眼。

赔他,凭什么赔他?又不是我偷的羊。李文秋辩解说。

我说了你偷的吗?你这么紧张干啥?村主任慢条斯理又点燃一支烟,整个寨子就你家来过外人,你也晓得的,咱们黑王寨这地方,生人走一回是走不出去的,不碰上鬼打墙算他娃子命大。

那你啥意思?李文秋有点迷惑了。

我意思很简单,你把那两个四川师傅找回来,就证明你清白了,这么简单的事还要我教。村主任又吞了一口烟。

李文秋一咬牙,找就找。

那我明天等你回话。村主任笑了笑,目光又扫了那边羊栏一眼,不就一头羊么,费那老鼻子劲?

四川师傅倒是找着了,但人家不愿意来,耽搁一天的工钱,谁认。

李文秋又咬了一回牙,我认。行不?

两人中间就跟着回来了一人,村主任脸上写满不遂心,明明是两个人,还有一个呢?

师傅是走南闯北的人,说忙着赶活呢,主人家不放。

村主任就冷眼盯着李文秋,说主人家不放是吧,那只好让派出所的警车去请了。

师傅一听这话口气不对,立马为自己开脱,这羊可是我们走之后丢的,与我们无关。

村主任把烟蒂使劲往地上一丢,脸如寒霜,那你说与谁有关?

应该跟两个来看井的人有关吧。师傅吞吞吐吐看一眼李生平。

李文秋慌了神,那是两个过路人,我也不认识的。

说轻了叫不认识,说重了,你这是知情不报。村主任眉毛拧上来,昨天咋没听说还有生人来过?

李文秋低下头来,我这不是怕惹麻烦上身吗?

村主任火了,怕惹麻烦,你这明明是想惹麻烦才对,不光自己惹,还给寨里惹,寨里可是治安先进村。限你三天之内把那两人给找回来,知情不报可是与贼同罪的呢。

李文秋没招了,说不就是一头羊么。还与贼同罪,我顶账,看上了我的羊叫闲人来牵就是。

闲人像等着这句话似的,不知从哪儿就冒了出来,闲人很大度地一挥手说,早叫你认了,你还不认,给脸不要脸呢,这叫作。

你这一头羊比我的大黑可小多了。闲人牵羊时还牵出一脸的不平来,以后过日子留点神,别和那些不三不四的人打交道,懂么?

李文秋望了望村主任,村主任这回给了脸,露出了一脸不三不四的笑。

牛黄有毒

英子腆着肚子,去米缸里拿米。

英子也腆着肚子,英子就忍不住笑了一下,男人听见了,觉得奇怪,说英子你笑啥?

英子说不笑啥,就是想笑一下呗。

亏你还笑得出口,要杀牛了晓得不?男人鼻子嗡嗡地像患了感冒,女人养猪,男人使牛。各人的东西各人疼,这话在黑王寨一直占着理,也是的,哪年杀猪,英子不得红一回眼睛,明晓得二天就要赶刀了,头天晚上还不忘在槽里多添一瓢碎米粥,那可是糟蹋粮食的行为呢,搁平常。

英子不怕男人这会儿骂她败家婆娘,一手摸大的猪跟一手带大的娃一样,怎么说也倾了心血的啊。

想到这儿,英子就不笑了,男人轻易不疼什么的,疼牛怎么说也是温柔的一面,英子喜欢男人温柔点的样子。

英子就在围裙上擦把手,打算帮男人疼一回牛。

在黑王寨,疼牛也不过就是给牛多添一把草。

英子割了带露水的草回来,男人总算脸上有了点欣慰,欣慰归欣慰,男人还是摇了摇头,说别瞎费工夫了,这牛好几天就闹圈拱槽呢。

英子就没话了,要不闹圈拱槽的掉膘,男人才不舍得杀它呢,这牛是老了,老得没胃口吃草了。

杀牛得请人。

这人还不是一般的人,兽医老八,老八不光会给牛治病,还稍带干杀牛的营生。

老八是踩着钟点来的,他是熟手,杀牛轻车熟路得让英子心里一颤一颤的透着怕意。

剥了皮开了膛,在倒腾内脏时,一块硬生生地黄黄的东西啪一声掉地上。

英子眼尖,说,咦,那是啥玩意?

男人蹲下去捡起来,对着阳光照了照,说混蛋的难怪不好好吃草,肚里长石头了。

老八停下刀,接过来那东西在围裙上擦了擦。

那黄东西没擦亮,倒把老八的眼睛擦亮了,英子你们的发大了,是牛黄。

牛黄?英子一下子瞪圆了眼,我说早上咋无缘无故就想笑,原来是宝要来了。

男人也挠头,怪不得怪不得。

老八一副功臣样坐下来,这老话讲了的,老牛闹圈拱槽不吃草,黄狗对天狂吠咬日头,那是肚里有货呢。

那是那是,男人急忙冲英子使眼色,让她沏茶上烟,牛黄虽说是宝,可也得仰仗老八寻买家啊。老八路子野。

英子沏了茶,说八哥,这牛黄值老钱吧,听说那牛黄解毒片就这东西做的。

老八白一眼英子,啥叫拿这东西做的,那里面只含少许一点的牛黄成分,要拿这东西做,一片药只怕你都吃不起。

这是实话,英子的日子过得很不景气,生孩子罚款罚的,眼下英子又偷偷怀了老三。

男人露出一脸的谦恭表情来,说八哥这牛黄真那么值钱?

一句话,你们一家日子马上就能上升到别家无法企及的小康。无法企及是啥意思,你知道吗?老八咪了一口茶,故意摔出句有学问的话来,以显示他的见识非一般人之所能及。

老八吃饱喝足了走的,他走路时膀子摔得很开,惹得英子家的黄狗追着他一阵狂咬。

英子吓一跳,咬着老八那不是好玩的,牛黄还指望着他找路子卖呢。黄狗不甘心,蹲那冲天咬了一番日头才恨恨住了嘴,黄狗咬的原因很简单,主人今天竟没喂它一顿饭。

英子跟男人是高兴糊涂了。

糊涂人却不干糊涂事,英子把牛黄洗干净,拿红布包了,压到陪嫁的箱子底下,当年男人一直嫌她嫁得简单,没一样压箱底的货,眼下有了。

下牛,两口子守着牛肉没出门,牛黄在家,不守着被人偷了,他家的小康就永远无法企及了。

正坐呢,时三过来了,说买二斤肉。

时三是直冲冲走过来的,来了就往堂屋里走,吓得英子直使眼色让陈明江阻拦,屋里有宝贝呢。这时三要嗅出宝贝的气味来还了得,时三成可是进过派出所的,偷窃。

男人就伸手去拦,这一拦时三脸上挂不住了,不让人进里屋,摆明了是变相揭时三的短呢。

时三话里带着刺,咋啦,怕我来屋里抢宝啊。

英子急忙奉烟说,哪儿话啊,屋里光暗,怕委屈兄弟。

时三顺嘴在鼻子里哼一声说,你家就是拿压箱底的东西都光不上老子的眼。

就这一说,英子脸都白了,他咋知道我有压箱底的东西啊,都说贼精贼精,这贼还就是精。

男人打圆场说,就是就是,一块牛黄兄弟哪看得上眼呢。

时三哈哈笑,就你们这副穷相,还说有牛黄,疯了吧。

一块牛黄大几万,福薄的人是占不住的。

时三轻蔑地抬脚走了,英子两口子吓一跳,大几万是几万?寻思了一夜没眉目,第二天天刚亮,老八哼着小曲来了,老八手里拿着一沓钱,说,牛黄我打听了买家,二万,这是人家付的钱,钱过手米过斗,你点点。

男人刚要伸手接钱,英子拿脚踩了她一下,英子说老五啊,昨儿个时三来过。

老八吓一跳,时三来干啥?

时三说牛黄值大几万呢。英子多了一句嘴。

老八火了,那你卖给时三啊。

英子不吭声,暗暗跺一下脚,黄狗知道主人心思,立马呼一声蹿上去,要咬老八。

老八火了,骂,过河拆桥呢你们。

当我们苕?两万是大几万。英子也火了,冲老八吐了口唾沫。

那口唾沫非常争气地趴在老八脸上,老五按捺不住了,掏出宰牛刀逼上来,你给老子舔干净。

英子不舔,黄狗却舔了上来,一口把老八腿肚上撕下块皮。

老八性子上来了,杀人他不敢,杀狗还是敢的,老八手一伸,刀就冲黄狗头上插了进去。

英子晕血,一见狗头上血花飞溅出来,人就慌了神,整个人从台阶上栽了下来,她栽的地方不对,腆着的肚子正好撞在台阶下的磨刀石上,英子只觉得下身一痛,有股热热的东西涌了出来。

男人疯了一般扑上去抱胡凤,老八误会了,以为男人冲自己拼命呢,手一迟疑,宰牛刀顺势又扎进了男人肚子。

男人江眼珠子翻了几番,人就不动了,那张窄窄的脸开始由青而白,由白而黄,像极了从牛肚子里滚出的那块牛黄。

命薄的人是占不住牛黄的。时三讥讽的声音再次响了起来。

酣 睡

田家四季苦,农人酣睡香。

要说黑王寨是不折不扣的田家了,靠土里刨食弄点油盐钱,不是田家是啥?可自打出了那档子事后,黑王寨老老少少都没酣睡香过。

苦了这帮农人了。

那档子事其实也算不上多大个事,一个外乡人死在寨子里了,搁过去,死了挖个坑一埋,算得上是仁至义尽。可今时不同往日,普了法的,人人都晓得人命关天了,谁敢稀里糊涂挖个坑把人拖进去呢?

这死人就把活人给难住了。

最先难住的是生贵,眼下他就把个头扎在裤裆里作着有生以来最为深刻的反思,咋就那一刻要贪那点嘴头食呢,黑王寨人曾几何时见过他生贵贪过嘴头食啊,混蛋的被鬼逮上了吧,他想。

记吃不记不打的东西,你活该。事出后婆娘天玉当着所有寨里人这么骂的他，记吃不记打的是猪呢，生贵啥时被婆娘骂过猪，一直以来都是他骂婆娘猪的。

但他生贵确实做了猪头猪脑的事，上个星期赶集，生贵编了几个竹篮上街去卖，中午要了一碗臊子面刚要吃，一个老头凑到桌上来，说，大兄弟，这一人不饮酒，咱们搭个伙怎样？

说搭伙，其实是占老头便宜。生贵看见老头手中还拎有半斤猪头肉和一袋花生米，要搁平日，生贵肯定会拒绝，可在那个六月天里，猪头肉的香味硬是直往他鼻子钻，生贵舌头就软了。他婆娘天玉是不挨猪头肉的，每年一杀猪，猪头肉就送了人。

生贵鸡鸭鱼肉都不馋，就馋一口猪头肉，何况还是六月天里，黑王寨再精细的人家也没了这宗菜。

就搭伙上了，生贵出的酒钱。

酒是容易让人亲近的玩意，三杯酒下肚，老头说兄弟，你那花篮编得漂亮，让我跟你学两天艺，过过手瘾。

生贵的手艺得到奉承，别提多带劲了，大着舌头应承说，行啊，艺多不压身，走，跟我上黑王寨。

回了寨，生贵才晓得，老头篾活比他做得强多了，人家编的竹席可以折叠，混蛋的，能人呢。生贵动了歪心思，把这老头多留两天，多编几个活，一来自己可以偷点手艺，二来嘛，可以变几个钱。

可就在留的这两天里，出事了。老头在山上砍竹子，竹子没砍断，从中间裂开，断的那边弹起来砸在老头额上，就一下，老头没气了。

意外不是。

是陈六报的案，为这四爷狠狠骂过陈六，当个村主任当得人都三俅减一俅，成二俅了。非得叫派出所的人来，你招待啊。

四爷骂大宝有陈六的理由,以前黑王寨不是没死过外乡人,寨子里都推是德高望重的老人拿主意,黄土一埋,民不举官不究,多太平。三年自然灾害那年头,黑王寨没少埋外地的死人,若干年后,有死者后人寻上寨来,还千恩万谢的呢。好不容易四爷德高望重了,日子又太平了,四爷只好在一些扯皮拉筋的事上拿主意,很没有成就感。

黑王寨不怕那个招待费,不就宰只鸡的事吗,黑王寨怕的是派出所调查走访,人家派出所说得很明确,在死因没真正弄清之前,所有人都是嫌疑对象。

他们不相信,好端端一个活人,竹子弹一下就会死。

先是找青壮年谈话,挨个挨个找,挨个挨个谈,还要签字,还警告不许互相通告谈话内容。一时间,大伙都谨慎起来,人人都自危起来,像增广贤文上说的,逢人只吐三分言,不可抛却一片心。

其间,找得最多的是生贵,重三遍四地问,翻来覆去地答,生贵只差找头猪跪下了,不就一盘猪头肉吗,咋就吃出天大的事来了呢。

在黑王寨的鸡都被弄得没心思打鸣的时候,派出所得到法医做出的明确鉴定,属于意外伤害死亡。

派出所的人走了,尸体却留下了,寻尸启事播出一星期了,既然没人认领,那就埋了吧。再不埋,就臭了。这回,四爷作了主,四爷是在得了生贵送的那床可以折叠的竹席后这么发的话。

生贵白当了一回孝子,这个爹他连名都不知道呢?还白搭了十桌酒席。那一回,黑王寨能喝两口不能喝两口的都端了杯,折腾了上十天,没谁睡过踏实觉,喝了落心酒正好酣睡一回。

生贵是睡得最酣实的一个。四爷也是。

陈六不是，陈六睡不酣实是他寻思着，这么稀里糊涂埋了事小，人家子女要寻上门来，会不会说不清道不明？

陈六这么寻思着到了凌晨天将亮没亮的时候，上下眼皮刚要合上，砰砰有人砸门，门开处，两个外地人站在门外，那眉眼竟有七分的相熟。陈六使劲拍了拍脑门，才想起来，那个臭得发了绿的老头可不就是这眉眼？

混蛋的，看你们还酣睡得着么？陈六骂骂咧咧披上衣服，脑子第一个闪出的脸庞不是生贵，竟是四爷，德高望重的四爷，恐怕你入土前莫指望酣睡个舒服觉了。

秘　密

黑王寨里没秘密，你想啊，针尖大一点地方，能藏得住啥？

这不，东志媳妇小满去城里打工没三个月就跑回来坐月子的事硬是一天也没瞒住人。

我这里说的人，是特指的人，谁呢？黑王寨能通神的四姑婆。那天四姑婆刚好在屋门口坐，小满也刚好从寨子外面回来，得，撞上了。

只打了个照面，四姑婆就看出小满的虚来，一是腿上虚，二是嘴上虚。

身子虚的女人腿上打飘，打了胎的女人飘起来没根，四姑婆就明白了八九不离十，再看小满的眼，也虚得没有根。

四姑婆就拉了把椅子往屋门东侧的大槐树下来，小满说，坐

吧,歇会脚。

小满就白了脸,四姑婆把椅子拖东屋侧是有讲究的,在黑王寨,月子里的女人连回娘家都不能进屋,何况是旁人家呢,进了,是不利气的。

四姑婆这一拖就等于告诉小满,她心里明镜似的,小满眼泪哗一下就出来了。

四姑婆叹口气,转身,进了侧屋,侧屋有门连着正屋,再出来时,四姑婆手里多了杯红糖水。

黑王寨的说法,月子里的女人得红糖水补,最好还是要那种泥巴糖,这年头,除了四姑婆这种老门老户老规矩多的人才备这些东西,一般人家,早忘了这个茬。

喝了红糖水,小满腿下总算有了点力气,小满就把力气这会儿全攒到两条腿上,扑通一声冲四姑婆跪了下来,泪眼婆娑地说,四姑婆您给想个方子救我。

四姑婆把手递给小满,说你起来说话,小心叫人看见,姑婆想救你都难了。

小满立马爬了起来,把头四处扭动望了望。

别人看不看见尚在其次,难过的是东志那一关,东志性子暴,做过节育手术后性子更暴了,要知道小满坐了月子,不把小满打死才怪呢。

四姑婆闭上眼,眉头不住地跳。

小满没敢闭眼,心头不住地跳。

远处,四姑婆的大黄狗从油菜地里蹿回来,披了一身金黄的花瓣。

油花黄,人发狂呢。四姑婆忽然眼里一亮,一双眼盯在大黄狗身上,嘴里这么自言自语了一句。

关狗什么事呢？小满有点不解,望着四姑婆,四姑婆的脸是在一刹那间变黑的,四姑婆冲大黄狗嘘了一声,然后一指小满说,大黄,咬她。

小满一见大黄张牙舞爪地扑上来,撒开脚丫子就跑,黑王寨人谁不晓得啊,四姑婆的大黄狗通四姑婆的人性,叫它咬谁就咬谁。

小满到底腿上虚,被大黄狗咬住腿肚子下了口,有血渗了出来,大黄狗正准备再下第二口呢,四姑婆又一声嘘把它唤了回去。

小满是跌跌撞撞回的屋。

东志正在屋里喂猪,见媳妇小满血淋淋脸色惨白着回来,吓一跳,问小满,咋啦？

小满不敢说是三姑婆放狗咬的,只好含含糊糊说,路上碰见一野狗,被咬了一口。

话音刚落,门外传来四姑婆不紧不慢的声音,你四姑婆的狗啥时成野狗了？

小满像遭了雷击,门口可不正站着四姑婆和她的大黄狗。

东志看了看小满,又看了看四姑婆,他有点稀里糊涂了。

四姑婆扶着门框站定,眼神瞅着小满,咋的,进了几天城,嫌我老婆子腌臜,连把椅子都不搬我坐？

小满面如死灰,不知道四姑婆葫芦卖的什么药,只好拖了把椅子战战兢兢递过去。

四姑婆坐下来,也不说话,一只手就往口袋里挖,半天手挖出一个手绢来,一层一层绽开,里面,竟是五张百元钞票。

四姑婆抖抖索索把五百元钞票塞给小满,说,怪我家大黄狗不懂事,瞧把我娃咬的,这钱,拿去打狂犬疫苗,再买点好吃的补

一补身子。

东志急忙伸手拦住,说,使不得的,狗咬一口,再平常不过的事。

四姑婆拿眼瞪老五,说,你娃知道啥叫再平常不过的事?这菜花黄人发狂的季节,狗最容易患失心疯了。跟着又捏一把小满的手,叮嘱着,以后千万要小心,莫再让哪只狗患失心疯咬上一口,疼一会子的事要记一辈子,知道吗?

知道了。小满双膝一软,正要跪下去呢,四姑婆拿眼一瞪说,知道了就回屋躺着,让东志去镇上买药回来打针。

小满进了里屋,人没躺下呢,就听四姑婆冲东志在外面说,东志啊,这狗咬了人,在过去有说头的,一个月不要同房,怕病毒跑你身上了,晓得不?

东志连声回答说,晓得,晓得。

小满在里屋热泪直涌,她这才晓得四姑婆是一片苦心。屋外静了一下,四姑婆的声音再度响起,东志啊,姑婆还求你给保守一个秘密,不要对别人说我家大黄患了失心疯下口咬过人,好歹这大黄是你姑婆的一个伴呢。

在黑王寨,咬过人的狗是要划归在疯狗之列,不打死不足以平民愤的。

全　福

全福占了个好名,当初他爹明喜给他取这名字得意了好几晚上,他爹的得意样子,到现在,黑王寨好多上了年纪的人还记得。

当年的明喜就着全福的名字,念一声咪一口酒,眼半眯着,手微晃着,脸上的笑容从皱纹的褶子里晃出来,晃出一屋的喜气和酒气。

但他忘了一句黑王寨很至理的名言,人无全福。

这一忘,他有着不可推卸的责任。

一直到全福作了爹,全福依然没忘了他爹该负的责任。

乡下人,取个贱名就行了,全福全福,当自己生的是个皇帝命啊。

全福在他爹七十岁生日上这么不轻不重埋怨了一声,当然,师出是有名的。

千万别以为全福是想讨伐他爹,全福只是发一句牢骚而已,全福自己都五十岁了,知天命的年纪,发一句多少年忍着没敢发的牢骚有什么不对呢。

我们应该理解全福的这声牢骚。

全福不是个全福之人,最起码在黑王寨他不是,不仅不是,而且在很多人眼里,他应该划为无福之列的。

先说房子,全福爹手上是有几栋像样的瓦房的,祖上传的。在这里有必要提一下全福的祖上,勤扒苦做几辈子,别的没置下,产业置下了,当然,一解放,罪名也给置下了,地主,娘就背着地主婆的名义寻的死。

全福搭地主的福荫,落下了几间偏厦住,在黑王寨的山坎上,歪歪斜斜的几间偏厦是怎么也看不出全福祖上当年的显赫了。

为此,全福总是会咬牙咒一声先祖,置啥不好,置堆背不走

的产业。

全福就不置产业,坚决不。

全福只置弄庄稼,一茬比一茬置弄得好,民以食为天,全福以为,饱了肚子暖了身子,天下便没了可虞之事,这就是全福目光短浅之处了,饱了暖了是要思淫欲的,怎么能忘呢?

这一忘,全福三十岁上才讨到婆娘,婆娘是那种谁多看一眼都觉得残忍的人,全福不觉得,丑妻近地家中宝,全福把丑妻近地这两宝置弄得很好,看不出半丝的厌倦与嫌恶。

居然,有模有样地过了十几年安康日子,算是有了点全福的迹象。是儿子长大了,把这迹象给搅乱的,儿子不满全福的安于现状,地里刨食,能刨出个全福人家?

啥叫全福?儿子是这么理解的,出有车食有鱼。相比而言,全福的理解就单薄多了,老婆孩子热炕头,那也好叫全福,叫薄福还差不多。

儿子一不屑吧,就出了很远的门,远到自己一辈子也回不来了。儿子在外地做基建,挖海底隧道,塌方了,儿子把自己做成了基建的材料。

算不算是去海底世界享福了呢,不得而知?

全福和丑妻去了趟儿子塌方的施工段,俩人默默对望一眼,扭头就走,施工单位负责人小心翼翼跟上来说,有什么要求您尽管提。

全福看了看负责人那张干涸的唇,忽然想起地里的稻子来,全福闷了头说,我该回去了,稻子正扬花抽穗呢,缺不得水。

负责人纳了闷,这是啥要求呢?

丑妻就补了一句,干打苞湿长穗呢,耽搁不起的。

负责人讲良心,人家孩子也正扬花抽穗呢,给了一大笔赔偿金,全福夫妇回了黑王寨。

没置房子,本来那房屋,也该换个瓦揭个顶了,全福爹是住过大房子的,一直嫌屋小,住得憋屈。

全福却没那意思,说,这老屋好啊,檩檩条条的,住着都有感情了,揭顶就是揭人的短呢。

揭谁的短？这话让全福爹思了又思,三思也没思出个所以然。

自打全福儿子没了,全福的话就总透着古气来,古气的东西是要人用脑子嚼的。

全福爹七十岁时,正赶上全福儿子周年祭日,按常理,全福爹这寿就在不做之列了。白发人送黑发人,怎么说也是人生三大伤心之事,上了书的话呢。

但全福却隆隆重重给他爹做了，敬了长寿面的全福当天还下了地,黑王寨有老辈人看不下去了,不背后戳脊梁。当了面戳全福眼珠说,你儿子没了,倒热热闹闹给老的祝寿,怎么安得下心,还怎么有精神头下地？

全福点燃一根烟,说,儿子就是我的精神头,他没了,我活着已没了意思,这精神头是为爹能安心才长出来的。

为爹安心？戳眼珠的老人不明白了。

爹常说,民以食为天,庄稼就是自己的孩子,有孩子,天就不会塌下来,我没了那个孩子,不能没了这个孩子吧。两个孩子都没了,爹能安心过晚年？

人是不能把福点全的。全福说完这些,扔掉烟头,下了地,地里的稻子又扬花抽穗了。

是个全福之人呢。那老人忽然张开嘴这么叹了一句,叹完又还是觉得有哪点不对劲。

穷 气

小春走过白婆的门前时,特意把脚步提得轻了许多,但白婆还是感觉到了。

八婆瘪了一下嘴,这是四婆的习惯,不瘪嘴似乎说不好话。白婆问谁啊,嫌弃我这孤老婆子,招呼也不打,你白婆是人呢,不是鬼。

白婆辈分高,对谁说话都大模大样的,快九十的人了,眼睛只能探个路程,但一双耳朵,却比猫狗还灵。

小春只好硬着头皮小声回了句,白婆,是我。小春故意不说名字,是想蒙混过白婆,早点回家,小春在外打了五年工呢,手里攒了一大笔钱回来的。

是小春?白婆迟疑了一下,又瘪了一回嘴,好像在用舌头咂摸小春的声音,吃准了似的又补了一句,哦,青青回来了啊。来,跟白婆一块儿坐坐。

小春连忙说,不了,白婆,我还有事。

有事?白婆侧了一下脑袋,嫌白婆这儿邋遢吧,我可听说了,城里人放个屁都要洗手呢!

白婆人上了年纪,刻薄起人来也老辣,小春急忙讨好说,哎呀,白婆你说这话就远了,全黑王寨老少谁不知道您老人家干净了一辈子啊。

这话却让白婆不受听了,是啊,一个老绝户,眼一闭腿一蹬,当然干净啊,不光活着干净,死了更干净,没人吵吵嚷嚷争家产。

小春就噎在那儿,说不出话了。

白婆挥了挥手,去吧,去吧,晓得你们都挣了钱怕沾了我老婆子的穷气。

这话在乡下,等于绝交呢。谁要搬出这话来,哪拍你是一村之长,也得乖乖在人家门口坐上二炷香的功夫,哪拍屁股上有脓流着,你也得坐!

小春只好不情不愿落了坐。

白婆很热情,倒了热茶不算,还兑了野蜂蜜给小春喝,小春闻不得野蜂蜜的土腥味,吹了吹,放在手中。

白婆问,在外面做的啥工作呢,小春?

小春随口答,搞服务工作呗,还能做啥。

服务,服谁的务啊?白婆再次瘪了嘴,脸上似笑非笑的。

死老婆子,太操心了吧。小春心里烦,嘴上就冲,谁的务都服。也是的,小春在餐厅涮了五年盘子,只差没为厨房里的苍蝇服务了。

啧啧。白婆又咂舌头了,出门也不见得好啊,白婆这辈子就待在村里,谁的务也没服过,不照样昂着头过。

小春知道白婆年轻时嫁过一个英模,可惜,英模死得早,没给她留下一男半女,白婆就在烈士遗孀的光环下过到了如今。

年轻时,白婆走路昂着头,这会都孤家寡人了,还昂着个头,冲谁示威呢?

冲自己。小春咬了咬牙,也是的,小春五年内都是低了头小心翼翼在过日子,有一次失手摔碎一个碗,小春整整一天没敢抬头看老板的脸。

小春就顶了白婆一句,昂着头能看一辈子天?低着头就看一

辈子地？未必。小春的意思是，韩信也有胯下受辱的时候，自己从今天起就咸鱼翻身了呢。小春这次回来是有打算的，他们寨刚好划归在一条三国旅游线路上，她打算开个农家饭庄，这方面，她有的是经验。

白婆听反了，白婆脸一黑，死丫头，目无尊长的，骂我老婆子离天远离地近呢，当我没文化听不出来是吧，告诉你，就是你爹娘在我面前也不敢这样大口大气的说话。

白婆不提这倒也罢了，一提小春脸也黑了，小春说，你当我像我爹娘那么好欺负啊，告诉你，老八辈子的事了。青青爹娘当年眼睁睁看着白婆把自己院子里一棵桂花树挖走了不敢吱声。

白婆脖子一粗，敢情你还记着仇呢？

小春也脖子一梗，记着了，怎么着？

四婆气得直跺拐杖，你，你还我蜂糖水。人一老大脑就无异于孩童了，四婆气呼呼的模样让青青觉得可笑之极，青青就很解气地把那杯冲了蜂蜜的糖水递到四婆眼前，看清了，我一口没喝。

青青是嫌四婆的杯子没洗干净呢，那上面，老厚的茶垢了。

四婆说，幸亏没喂白眼狼。端起来咕咕咕一口咽了下去，四婆眼神不济，一点也没看见一只野蜂扒在杯子壁上吮吸糖分呢。

四婆就觉喉咙被什么扎了一下，跟着心里一慌，一口气接不上来，人就从凳子上歪了下去。

烈士遗孀的死毕竟不比寻常，村里重视，乡里重视，县上也重视。然后，县里调查乡里调查村里也调查，小春被传唤了一次又一次。

传唤到后来，村里人见了小春都绕着道走，连妈也不大搭理她了，小春爹早死了，妈倒是搭理小春的钱，把钱给小春娶了弟媳。

再后来,小春就无人问津了,白婆死得不明不白的,小春身上背着最大的嫌疑。这样的女人,谁敢娶呢?

小春一怒之下,搬进了白婆留下的老屋里居住,大凡有人路过,小春就噘了嘴说,谁啊,嫌弃我这背债的人,招呼也不打?

人家还没接上话呢,小春又自言自语接上来,放心,我这人很干净的,活着干净,死了更干净。

人家正尴尬呢,走也不是不走也不是,青青又发话来,知道你们忙着挣钱,走吧,别沾了我的穷气。那模样,像白婆的魂上了身。

时间一长,大伙都不从青青门前过了,倒在屋后面的荆棘林里,踩出了一条路,路的尽头,有一户农家饭庄,生意很是景气。

宋幺姑

宋幺姑在黑王寨那一方,一直是个场面人物。

场面人物宋幺姑其实是个男人,之所以叫幺姑是有渊源的。其一,宋幺姑身子单薄,细腰长颈,走路屁股一扭一扭的,幺姑相十足;其二,宋幺姑嗓子尖细,标准的娘娘腔,张口必甩兰花指;其三,也是最主要的,宋幺姑居然男生女相。

不叫幺姑叫他啥?何况他又一生不娶,天生就对女人没多大兴趣,阴阳人一说,离黑王寨太远,乡下人都善良,想不出如此刻薄的字眼。

男生女相得追溯到宋幺姑上小学的时光。

那年上面派了个下放知青到黑王寨小学教音乐，姑娘是一所戏剧学校毕业的。

报到第一天，碰上唇红齿白的宋幺姑正和一群小子在操场上疯闹，女教师盯着宋幺姑看了又看，黑王寨的孩子多邋遢，很少宋幺姑那样眉清目秀，穿着齐整的。末了，女教师爱怜地一摸宋幺姑的小头说，乖乖，乡里也有这么俊的女娃。

女娃。宋幺姑心说，还老师呢，男女不分。跟着宋幺姑调皮地一吐舌头，冲女教师挤了下眼，从从容容地掏出小鸡鸡，对女教师做了个鬼脸，一泡尿便喷射而出。

乡下的孩子，野。

宋幺姑虽长得秀气，但野性未泯。

女教师半天没回过神，回过神就只想起旧日戏剧中常用的一个词来——反串。

宋幺姑若在舞台上反串花旦，足可以乱真，一泡尿就这么改变了宋幺姑的命运。

压腿，吊嗓子，拿大顶，这些舞台上的基本功开始伴随童年的宋幺姑渡过蛙鸣鸡啼，伴随少年的宋幺姑走过山清水秀。

三五步千山万水，四六人万马千军，多壮行色的人生啊。锣鼓声中琴弦那么一响，风走鹤行，人心激荡，一段曲子下来，能让沉醉戏中的宋幺姑看出历史河流的颜色，听出岁月深处的动静。

人生如戏，戏如人生。宋幺姑明白了，自己就是为戏所生的。

偏偏那是个样板戏走红的年代。宋幺姑被推上台，演铁梅，没铁梅的英武；演江姐，没江姐的豪情；演阿庆嫂，缺阿庆嫂的干练。

一甩手，是兰花指微翘。一举足，是莲花步轻移。

这哪里是英姿飒爽不爱红妆爱武装的中华儿女，分明是封建社会的残毒余孽。

宋幺姑刚进县剧团,就被打发回寨里来,种地。

肩不能扛,手不能提的宋幺姑一下子有了前途末路的茫然。

好在乡下人年关爱唱戏,有老辈口传相授的,什么站花墙、秦香莲、夫妻观灯,也有自编自演的本寨一些故事,一句话,腊月一到,人们便求队长,安排宋幺姑唱戏吧。

宋幺姑一年的工分就在这两个月里挣足了。

那是何等的场面啊，老少黑压压一群人就在锣鼓声中引劲瞪望着宋幺姑从幕后现身。

宋幺姑出台,多是青衣装扮,回头四顾,扭腰摆臂,一副心事重重模样。宋幺姑是张不得嘴的,声起色出处,婉转缭绕,似北空出月,如凤鸣梧桐,乡里一年的殷实与富足便是眼前的舞台了,便是宋幺姑戏中的人文了。

破四旧的声势是浩大的，宋幺姑被上面派来的工作队剃了光头,游街。

宋幺姑的眸子一下子暗淡了下去,走路也不再顾盼有姿了,宋幺姑把自己关在屋里写检查,稿纸用了几厚本,墨水用了几大瓶,却不见认错求宽恕的只言片语。

再以后,没人理会他了,毕竟,宋幺姑是贫民身份;毕竟,黑王寨人对批地富反坏破四旧没太大的激情。宋幺姑的日子一下子淡出了舞台,逢年过节,人们总要在宋幺姑门前站上几分钟,哪怕听一听宋幺姑唤鸡赶鸭的声音,也是一种享受呵。

日子脱贫了,又温饱再小康了,大戏轰轰烈烈唱起来了,后生姑娘都想亮亮嗓子,却没了言传身教的人。宋幺姑的嗓子早破了,一个行将就木的人,能指望他个啥?

偏偏宋幺姑还指望上了，前去探望宋幺姑的人居然从宋幺姑手里拿到了几个失传的剧本，稿纸都发了黄，下边还印有公社革委会的字样。

宋幺姑在生活中也反串了一把，当年的交代材料成了今天的宝贵剧本。

开演那天，宋幺姑被安置在戏台下正中的位置。

琴弦声四下漫开，宋幺姑眸子一亮，他仿佛看见，历史的河流又有了颜色，岁月深处又传来回响。

宋幺姑就这么驾鹤西归在云端上，无须的白面上布满荧光。

篾匠杜瘸子

杜瘸子早先并不瘸，是做了篾匠后才瘸的，这事一提起来，就把岁月扯远了些。

早先在黑王寨，篾匠是很吃香的手艺人，睡觉用的凉席，晒东西用的晒席，囤谷子用的围席，哪样不是一匹篾一匹篾串起来的，至于什么篾筐提篮筲箕等日常用品自不消说了。

要说手艺人是受人尊敬的主，吃百家饭的人大多人缘好，谁下这么狠的手啊，他师父呗。这就有必要提一提乔篾匠了，一个很怪的手艺人，大凡人怪，多有绝活在身，乔篾匠就是，乔篾匠在你家做活，若对了心思，嘿，他便使上功夫了，功夫在手上，也在心里，外行看不出道道来，但一床凉席打好了，他折得四四方方交给你，你就不得不伸大拇指了，可以折叠的竹席，只怕你听都没听过,更别说过手摸一摸了。

你见了那竹席说晚上无论如何得敬乔师父一杯,乔篾匠就更高兴了,乔篾匠爱喝两杯小酒,但不贪,乔篾匠就说既然东家舍得酒菜,那我也舍得功夫。于是赶在酒菜上桌前又露上一手,是什么?两只小巧玲珑的竹杯,酒装在里面滴酒不漏,是夜,宾主推杯换盏好不快活,羡煞了一帮拖着鼻涕的小子在门外口水直咽,却不敢上前。

为啥?乔篾匠有规矩,凡请他做手艺,有两条不可不依,一是饭桌上不得有十二岁以下的孩子,二是做活期间女人不得拢身,谁拢身发谁的脾气,管你大家闺秀还是小家碧玉,否则则视为对手艺人的不敬,任你出天大的价钱也难得请他脚步一移。

杜瘸子是在十四岁那年拜的乔篾芹为师,瘸子心眼活,学艺也卖力,不出三年,已能替师父接活在外面给乔篾匠挣钱挣名气了。

乔篾匠多在东家吃顿接风酒后叮嘱瘸子几句就走二家揽活,留下瘸子一人在东家家里赶制竹器,十七八岁的瘸子嘴拙,一个人做事时总有那小媳妇大嫂子前来打趣。

不单是打趣,顺便打打下手什么的。有时候杜瘸子手一停,就有小媳妇故意递上根篾黄来,瘸子就红了脸,说,要篾青。做竹器大都要篾青,小媳妇就嘻嘻笑,说小师父挺挑剔啊,嫌我是黄瓜打锣去半截了,要青头妹子来侍候啊,乡下把未嫁人的姑娘叫青头妹子呢。杜瘸子记着师父的教诲,不回嘴,只顾低了头做事,人却长了记性,轮到再有大嫂子打下手递篾青瘸子就说要篾黄。大嫂子更厉害,知道你喜欢黄花闺女,明儿把我妹子介绍给你,行不。瘸子斗不过,愈发低了头,脸红脖子粗地喘气。

一干嫂子媳妇便肆无忌惮掀开衣服给孩子喂奶,闹得杜瘸子心里既紧张又欢喜,日子似流水般往前淌,打趣来打趣去的日子里,杜瘸子渐渐就不把乔篾匠的叮嘱还当回事。

再有小媳妇问,要篾青吗?瘸子一准嘻嘻哈哈笑,说像姐姐这样青葱水嫩的最好。搁上大嫂子发难要篾黄吧。瘸子也一准叽叽歪歪来上一句,像大姐这样顶花带刺的黄正合适。

一句话,瘸子把个手艺活做得风生水起的,滋润而瓷实。

得意总有忘形的时候,那日乔篾芹族里做祭祀,瘸子便在师父家赶活,做竹碗竹杯竹盘子,半夜转钟时,乔竹儿来给师兄送茶水,看见瘸子的手艺快赶上爹了,乔竹儿就满心欢喜替瘸子打下手。竹儿正是罗敷姑娘的年纪,二十尚不足,十八颇有余,竹儿说师哥你是要篾青吗?瘸子顺口就回了一句,像姐姐这样青葱水嫩的最好了。

竹儿脸一红,娇嗔地用粉拳在瘸子背上一通轻捶,瘸子转身握住竹儿柔若无骨的小手,竹儿就心慌意乱地倒在了瘸子的怀里,瘸子被竹儿少女的幽香逼得心头不能自持,头一低便吻上竹儿的秀发,还没来得及回味呢,门开了,前来验活的乔篾匠一见瘸子在自个家里败坏自个规矩,顺手一篾刀朝瘸子膝盖剁了下去。

杜瘸子就这么瘸着腿逃出了乔篾匠家里。

竹儿哭也哭了闹也闹了,终没能让乔篾匠接纳瘸子回来,竹儿就开始跟乔篾匠斗气,不出三年,心情郁愤的乔篾匠便撒手归了西。

一俟三年满孝,竹儿便吹吹打打接杜瘸子倒插门做了女婿。

有了孩子,日子艰难起来,竹儿便劝瘸子重操手艺,瘸子说,来来去去踏百家门我这也不方便不是,要不我在家收徒弟?

就收徒弟。磕完头拜完师,杜瘸忽然一正脸色说,做我徒弟可以,有两条规矩不可不依。

徒弟问,哪两条?

瘌子就说,在外接活,一是十二岁以下的孩子不得上桌同席,二是做活期间不得有女人拢身,不管是大家闺女还是小家碧玉。完了瘌子眯了一下眼补充说,手艺人吃百家饭,别人可以不敬,但我们先得自重不是。

乔竹儿正在旁边奶孩子,乔竹儿偷眼看了一眼瘌子,心想这瘌子今天怎么有点怪怪的,像爹的翻版呢。

一想到爹,好端端的乔竹儿眼里忽然有了泪滴。

中　秋

中秋不是节日,是我堂妹的名字。

在乡下,给孩子起名字不太费心思,赶上春天就叫桃呀杏呀的,逢是夏天也叫莲呀荷的,秋天的则叫菊花呀桂花呀什么的,像堂妹这样叫中秋的,不多见。

这只能说明一个问题,要么是我幺爸有学识,要么是我幺爸懒,顺嘴捡个现成的。

黑王寨人有学识的少,你一猜就中,对。我幺爸就是懒。我爹骂幺爸有两句话,一是懒得烧蛇吃,二是扁担倒了都不晓得伸手扶一下。

我对爹的头一句话很不以为然,烧蛇吃,蛇那么好捉吗,一个勤快的人也不敢夸口说每天能捉上一条,应当划为勤快人之

列。

但幺爸是真懒,懒到啥程度呢,懒到堂妹在外人不肯提幺爸的名字,更不屑说自己是幺爸的闺女了。

中秋可是手脚不沾地的勤快女子。

中秋八岁会打猪草,十岁就晓得烧一家人的饭,十二岁就顶半个劳力,十四岁中秋就在家里扛了梁,幺爸懒,幺妈伛出一身病,好在他们就中秋一个孩子。写到这儿,你千万别比我幺爸有多大觉悟,响应计划生育,他是懒得生,懒得养。

勤劳不一定能致富,中秋十四岁上开始明白了这个道理,跟她稍大的女孩子在外地打工个三五年,得,回来时全都穿红挂绿不说,个别能干的还用上了手机。

中秋一个表姐就有,但她回乡下后从来不用,用也是偷偷地,不让人发现,还让中秋给她站岗,中秋不明白,中秋心想,又不是偷的抢的,干吗躲躲藏藏的,表姐就说,你不懂的,乡下虽然穷,但闲言碎语富裕,不收敛点,将来嫁不出去的。中秋愈发不解了,女人能挣点钱是好事,难道男人都愿过苦日子不成,那太贱了不是。

幺爸不贱,幺爸对表姐说,"中秋十四岁了,你带她出去,能挣俩钱是俩钱,我懒得管她了。"

十四岁的中秋就这样随表姐出了门。表姐是做不正当职业的,表姐不让中秋跟她,表姐托熟人在小饭管给中秋找了个活,也就是择择菜洗洗碗什么的,一月发三百块钱。中秋很高兴,中秋在乡下一年到头也看不到三百块活钱。中秋干得很卖力,闲暇时还帮老板洗衣服,中秋很知足,中秋常托了下巴想心思,这样的工作最好能干一辈子。

小饭馆维持了两年终于被各类豪华酒店挤垮了,中秋又成了酒店的服务员。中秋人不光勤快,嘴还甜,客人都喜欢这个乡下妹子,光喜欢不算,还有人往她手里塞小费。中秋先是拒绝,表姐开导了两次,就红着脸收下了,像做贼。习惯了也没啥,进大酒店的客人都爱显摆,让他们显摆好了,偶尔有不给小费的,中秋还失望,暗里骂他们小气。

中秋后来也用上了手机,彩屏和弦,还能拍照,当然是别人送的。没办法,人家只说交个朋友,朋友的东西,能拒绝么,太那个了,会伤人自尊的,当了领班的中秋已经知道多个朋友多条路了。

中秋是在二十岁那年八月十五回的家,一个秃顶的男人开车送的,中秋让男人准备了两大沓票子,一沓新版的,一沓旧版的,中秋看过一篇小说,一个女孩跟她一样领了个老男人回家,让男人在楼下候着,先递一沓新版的票子,把爹娘喜昏,然后男人才上楼,爹娘很是不悦,嫌年龄太大,女孩送男人下楼后,又掏出旧版的票子问爹娘,这钱还要么,旧版的。爹娘喜滋滋地接过钱说新版旧版都不是钱么,一样的,女孩就说对呀,老的少的都不是男人么,一样的。

中秋这样想的,也这样做的,幺爸懒,自然没看过什么小说,幺爸青筋直暴骂中秋,"你个伤风败俗的婆娘,死在外头算了,少在我面前丢人现眼。"

中秋说,"我丢什么人现谁的眼了,我出有车食有鱼,吃香喝辣,穿金戴银,只有别人看我的眼色!"

幺爸骂:"你有手有脚,干吗当寄生虫,做人家小老婆。"

中秋脸色一暗:"我是有手有脚,可我穷怕了,懒得再折腾了,我的青春就这几年,折腾不起。"

谁也不敢相信,扁担倒了都懒得扶一下的幺爸忽然操起一根扁担撑中秋,"我懒,我还能站着做人,你懒,你一辈子抬不起头。"

中秋冷冷望一眼站着做人的幺爸,昂头挺胸走了,留给幺爸幺妈一串长长的汽车喇叭声。

打那以后,幺爸一家再没团圆过,每年八月十五,常见幺爸佝偻着身影在村前村后转悠,睁大了眼睛看每一个打工回来的女人。

不知怎的,那些染黄发穿皮裙的女孩一见幺爸,全都低了头一个个匆匆走人,连个招呼都不敢跟幺爸打一声。

幺爸就仰天长叹,这中秋,咋越来越过得让人揪心。

抬头娶媳妇

低头娶媳妇,抬头嫁姑娘。老辈人说的话,还能有错?寡娘冲垂头丧气的生贵说,还差哪样不满女方的心,你跟娘说。

生贵说不出口,只叹气,明天就要和新媳妇订婚了,偏偏一向识大体的天玉提出了那样的要求,寡娘一辈子含辛茹苦呢,可不能在娘心尖上捅刀子,除非他生贵不是人。

说啊一个头都磕了,还在乎多作一个揖?娘催促生贵,也是的,这是女方最后一次张口的机会了,要星星要用亮咱都办。寡娘口气很硬地说,不硬能怎的,让儿子愁眉苦脸当新郎,那是触霉头的呢,大喜的日子,这在黑王寨有讲究的。

真要星星要用亮倒好了,生贵说,没影的东西天玉不稀罕。

那她这会稀罕啥？寡娘疑惑了。

她，她，生贵望了娘一眼，还是张不开口。

说啊，都大人大事了，嘴里还像含个烧红薯，娘急了，天玉到底稀罕啥？

这是您要问的，说了，不许您伤心啊。生贵抬起头，娘不伤心，你娶不回媳妇才伤心呢。寡娘心说，你爹死时我眼泪都哭干了，这会还有什么比那会更伤心的。

天玉她说想要您那对金耳环，有玉石坠子的。话没落地呢，生贵看见娘身子晃了一下，有点摇摇欲坠的意思，生贵一把扶住娘，您放心，娘，我没同意。

她说非要不可吗？寡娘叹口长气问生贵，那玉石坠子的金耳环，是生贵爹为娶她下煤挖矿攒的血汗钱买的，本来说了的，一等生贵满月，他就不下矿了，可偏偏在生贵喜九那天，生贵爹出不来了，跟煤做伴去了。

玉石坠子是寡娘对生贵爹唯一的念想。三岁时生贵不小拽断了耳环下的坠链，挨了娘好了一顿扫帚，到现在生贵一提起那耳环屁股还隐隐作痛呢。

是的，非要不可。贵生不敢看娘，生贵知道娘心里在滴血。

你没说坠子断了吗？寡娘又问。说了，可天玉说了，新的没有旧的光，以前的老货，成色足。

生贵不敢往下说了，看娘，娘正一步步挪进里屋，不一会儿，翻箱倒柜声传了出来，娘在里面喊，生贵，你进来。

生贵就进去，娘把红布包着的耳环递给生贵，指了指爹的遗像，这是你爹的东西，给你爹磕个头吧。生贵磕了头，娘说，我先躺一会，你抓紧时间送过去。

生贵一向听娘的话，这回却没动步，寡娘火了，还不去，等人

家来三请三邀啊？信不信我拿扫帚把抽你。

贵生一转身，跺脚，出了门去。

明天，就是生贵订婚的日子了，耽搁不起的，明天两亲家约定在酒店见面呢。

生贵回来时，脸上不开心，显然，为这对耳环，生贵在天玉面前使了性子，使一使也好，男子汉大丈夫，哪能样样由着女人支使。生贵娘没多问一句，自个早早上了床休息。

满以为会做个梦的，不料，下半夜，门口传来了敲门声，听脚步是天玉的。天玉在外面喊，生贵，生贵。生贵娘吓一跳，这天玉咋回事啊，花轿还没去，人倒自个来了，在乡下，这是低架子的表现呢，莫非，天玉知道自己做得过了？

生贵开了门，不情不愿地，咋了，又想到我娘什么稀罕物了？

天玉听了生贵的话，不气，还笑，哟，替娘心疼上了？人家都说娶了媳妇忘了娘，你生贵倒有孝心啊。

人要没孝心，那就不如畜生了。羊羔能跪乳，乌鸦能反哺呢。生贵讥刺说。

算了，没空跟你打嘴官司了，娘呢？兰凤问。

睡了。生贵没好气，你还真的又打娘主意啊。

天玉说，要不这样，你把这个给娘，让她明天早上戴上。

寡娘隔着门缝望出去，天玉手里拿着一对金耳环，玉石坠子一摇一晃的，闪着荧光。

生贵怔住了，不解地望着天玉，咋回事儿？一对耳环送来送去的，张郎送李郎，送到大天亮呢。

你别管，记得给娘戴上，我家要有对不起娘的地方，还要请娘多原谅。

你家啥时候对不起我娘了？生贵捏了一下天玉鼻子，要定婚人了也不至于高兴得七黄八吊的。

天玉说你才七黄八吊呢。明天你还记得告诉娘，我爹有话对她讲呢。完了，很响地在生贵脸上吻了一下，记得早点来接我啊。

寡娘是在天亮后接过那对耳环的，掂掂，分量沉了不少。那玉石坠子，也重新打磨过了，坠链也重新加工得天衣无缝了。莫非，天玉她爹就是当年给她打耳环的那个张银匠，在全乡找不出第二个金匠呢？

寡娘带着疑惑上了车，订婚酒席是天玉爹出面订的，还没下车呢，一眉眼熟络的老头迎了过来，亲家母啊，我可找了你二十多年呢。

找我？寡娘一愣。

当初，我急着弄钱娶媳妇，把你打首饰的金子掺了铜，说好一年后让你来免费清洗加工，那时我再偷偷还一副赤金的给你，可你们一直没露面，害我找了几十年，今儿个老天开眼，让天玉嫁到你家去，直说还你吧，怕你不同意，只好让天玉逼着生贵硬讨，亲家母，你没骂我吧。兰凤爹搓着手板解释说。

骂了，光骂不行，还得罚你，害我儿媳妇背上贪财的坏名誉。寡娘笑着打趣，往事，过就过了吧。

认罚，今天酒席我买单。天玉爹也笑，难得亲家母大度。

天玉牵了生贵的手跑拢来，天玉说，娘啊，这十里八乡你可够风光的，抬头娶媳妇的只怕古往今来你是第一。生贵一仰脖子，那当然，我娘硬气了一辈子，抬头娶媳妇有什么稀奇。

寡娘冲生贵一虎脸，美的你，再乱嚼舌头，我让天玉拿扫帚把侍候你。

起苔的菠菜

三月菠菜起苔子,压死两个老驴子。几天没到菜地,德英大妈的菠菜就起了一尺多高的苔,还开了花,德英大妈一人过日子,吃不过来,这菜就只能喂猪了。

割了满满一篮子菠菜,德英把篮子送上肩,歪歪斜斜往家扛。

老驴子还没压死啊。有玩笑声从身后响起,德英不回头也知道是群秀,两人是妯娌,经常开玩笑的妯娌。

老话说是压死两个老驴子呢,加上你才会压死的,我一个,阎王爷不收啊。德英放下篮子,就势在田埂上一坐,群秀也坐下来,叹口气,咱俩真是压不死的老驴子呢,死鬼男人都走这么多年了,还不把咱们收了去。

过了奈何桥,喝了孟婆汤,你以为那死鬼还记得你?德英一撇嘴,给了群秀一句。

我服侍他一辈子,他敢不记得。群秀气恨恨地,下辈子他再倒了床,看我还给他端茶递水?

也是的,群秀男人卧床五年才咽的气呢,把群秀磨得都只剩一把骨头了,远远看,就可不就是棵起了苔的老菠菜?

你还嫌没把罪受够啊。德英杵了群秀一指头。群秀老着脸皮笑了一下,一脸的核桃纹儿,我就不信你舍得你那老头子。

德英咬了咬牙,下辈子啊,我就是当一辈子老姑娘也不找他,这辈子我可把苦吃够了,黑王寨谁不知道他啊,只晓得公家,不知道自家。德英男人三大爷在村里干了一辈子,得罪过寨里不少人,为此,德英没少看寨子里老老少少的脸色。

他那人,也太较真了点。群秀喷了下嘴,人家说是亲有三顾,他倒好,样样苦苦差事都给他兄弟顾上了身,害我们也跟着挨骂。得,别提了,幸亏他们走得早,落得咱们耳根子清静。德英摆了摆手。

两人就不说话了,德英从口袋里摸出一把炒蚕豆,两人牙口好,就咯嘣咯嘣嚼起来,田埂下面是一个大冲,已有人在田里忙碌着整秧田了,三月,犁耙水响的季节呢。

可惜,两人没听见水响,冲上的水塘,这么多年没人管理,早淤满了泥,关不住水了,水浅得只能盖住脚面,放点水吧,只能细细往下渗,比小孩的尿不会强。

有骂娘声从冲下传了上来,混蛋的这年头,村干部都不管村里事了。

人家都管往自己怀里扒呢,村里事,村里还有啥事?有人插上嘴。

虽说是三提五统免了,可一事一议还存在啊,这冲里水库不该村里议议吗,农民吃的就是水这碗饭呢,先前骂娘的那人说。

哼,要搁三大爷在,只怕早安排劳力清了塘泥。三大爷就是德英男人。

就是三大爷不按排,四大爷只怕也挑了头。四大爷是群秀男人,早先挑塘泥,都是他在最前一个下塘,最后一个把腿拔出寒泥,结果得了老寒腿,晚年瘫在了床上。

这会儿念人好有啥,那时没把人家皮骂得掉一层皮的是谁啊?不知是谁接上了嘴,一时冲里人全哑了口。

德英看了看群秀，群秀也看德英，有泪光在眼里闪烁。

这死鬼，活着讨人嫌，死了倒有人念记。德英拢了下头发冲群秀瘪了下嘴，眉眼里却是掩饰不住的得意。

可不是，群秀也扬起眉毛，有这份念记，死鬼也活得值了，人活脸，树活皮呢，想不到死鬼也搭他哥福气，叫人念记着。

所以啊，这人活一世，草木一春，难下定论呢。我们在说自己是起了苔的老菠菜，没谁百年归山了，后世子孙把我们当灵芝草呢。德英仰起头喃喃自语，女人家这辈子注定就是菜籽命了，落到肥处一棵菜，落到瘦处一根苔。群秀笑得岔了气，那嫂子你倒说出个道道来，我们妯娌俩是苔还是菜？德英也笑，都这么大岁数了，还想是菜是苔，顶多就是两头压不死的老驴子。

两人笑得很开心，一篮子菠菜苔把个三月的天空映得绿水盈盈的，像当年两兄弟带人清了淤泥的塘水。